書下ろし

緋《あか》い猫

浦賀和宏

祥伝社文庫

第一章

昭和二十四年。

高校生の浜野洋子《はまのようこ》の父親は、浜野組という建設会社の社長である。父方の祖父は博徒《ばくと》のような仕事をしていたが、それでは警察に目を付けられるので言い訳のように建設会社の看板を掲げたのだ。

戦争が終わると会社の看板を下ろし、また元のヤクザ者に戻る連中が多かったが、浜野組はそうではなかった。

「ヤクザは親父の代で終わりだ。これからは俺たちのような人間が、日本を建て直さなきゃならん」

それが父の口癖であった。祖父はすでに亡くなっていたから、浜野組の実権は父が握っていた。

洋子は父が嫌いだった。確かに博打《ばくち》で財を成していないだけ、堅気《かたぎ》と言えるかもしれない。だが父や、そして父の子分たちは、ヤクザ者の粗暴な空気を振りまいていた。何よりも周囲の人々が洋子の家族に向ける視線が、あれは任侠《にんきよう》に生きる一家だと如実に物語っていた。母が早くに病で亡くなったのも、その心労のせいだと洋子は思う。

暴力で財をなした人間は、後に堅気になったからといってその過去が消える訳ではない。それを考えると、いくら自分がまともな人間でも、父親の血からは逃れられないのだなと、暗澹《あんたん》たる気持ちになった。

洋子は小説を読むのが好きだった。幼い頃は、あの父親に「そして二人はいつまでも幸福に暮らしました」という一文で終わりを迎える、お姫さまと王子さまの童話を読んでとせがんだものだった。だが高校生の洋子が、そんな子供騙《だま》しの童話で満足できるはずもない。傾倒したのは小林多喜二《こばやしたきじ》の『蟹工船』、葉山嘉樹《はやまよしき》の『セメント樽の中の手紙』、徳永直《とくながすなお》の『太陽のない街』などの作品に代表される、労働者の悲哀を描いたプロレタリア文学だった。社長の娘の洋子がそのような小説を読むようになったのは、やはり家業への反発もあったのだろう。

「そんなアカが読むような本を家に持ち込むな！　俺への当てつけか！」

一度、その手の本を読んでいるのが見つかり、洋子は父にこっぴどく叱《しか》られた。その事件を境に、ますます洋子は父が嫌いになった。父の仕事も、父が頭につけるポマードの匂いも、社長の娘という自分の立場も、嫌いだった。

洋子はそういう家の娘だったから、同級生たちは皆怯《おび》えて距離を置いていた。だが親友の良美《よしみ》だけは、物怖《お》じすることなく洋子に接してくれた。良美は普段から、戦後の日本は女性も自由に生きられる国にしなければならない、と標榜《ひょうぼう》する、進歩的な人間だった。だから洋子のような娘にも積極的に声をかけたのかもしれない。

良美も洋子と同じようにプロレタリア文学が好きで、よくそういう方面の大学生や労働者が集まる喫茶店に出入りしていた。そこで洋子は、佐久間忠彦《さくまただひこ》と出会った。近くの工場に勤める二十二歳の工員で、仲間のリーダー的な男だった。労働者の魂と、それを文学に仕立てる意義を熱く語る佐久間に、洋子は少しずつ惹《ひ》かれていった。

佐久間を好きになる特別なきっかけや理由があった訳ではない。他の仲間たちは労働者だけあって、どことなく汚れが目立つ服装だったが、佐久間はいつも清潔そうな、仕立ての良い服を着ていた。弁舌も明瞭《めいりょう》で、顔もそのまま松竹や日活の映画に出演してもいいくらいに整っていた。そういう年上の男というだけで、恋に憧《あこが》れる洋子が心惹かれる条件としては十分だったのだ。

佐久間のアパートに皆が集まり、一日中文学談義に花を咲かせたことがあった。一人暮らしの佐久間の部屋には、あちこちに本の山が出来ていて、うっすらと埃《ほこり》が積もってい

た。見た目が奇麗でも住まいが奇麗とは限らないのだな、と思いながら掃除をしてやると、仲間の男たちが、

「佐久間。お前洋子を嫁さんにもらえばいいんじゃないか」

と冷やかした。洋子はまんざらでもなかった。良美は佐久間が飼っている三毛猫を膝の上で抱きながら、そんな洋子を冷たい目で見つめていた。

やがて洋子は、良美が喫茶店に出入りしていたのは佐久間が目的だったと気付いた。だが佐久間を好きな気持ちはいっそう強くなった。間違いなく、良美の彼への気持ちを知ったからだった。自分が人のものを欲しがるはしたない女のようで心が痛んだが、まだ若く、恋を知り始めた洋子は、自分を諫《いさ》める術《すべ》を知らなかった。童話はもう卒業したと思っていたけど、彼が私の王子様になってくれたら素敵だな、と考えた。

洋子は良美と疎遠になり、やがて良美は喫茶店に通うのを止《や》めてしまった。洋子は逆に足繁《あししげ》く通うようになった。そしていつしか佐久間と洋子は恋人と言われる関係になっていた。嬉しかった。皆のリーダーで、良美までもが憧れた男の心を、自分が射止めたのだ。人生で一番の歓喜の時期といっても過言ではなかっただろう。

佐久間や仲間たちと文学談義を交わし、そして人気《ひとけ》のない帰り道、佐久間とキスを交わして別れる。それだけの関係だったが、洋子にとっては何物にも代え難い幸福だった。

だが、未来の不安はあった。佐久間との結婚は、簡単にはいかないだろう。共産主義を厭《きら》っているあの父が、プロレタリア文学に傾倒する工員との結婚を許すはずがない。もちろんいざとなったら家を出るくらいの覚悟はあったが、父の下には命を投げ出す覚悟を持ったゴロツキが大勢いるのだ。佐久間に危害を加えて、無理矢理娘を家に連れ戻すかもしれない。

だが破局は、もっと早く、思いもしなかった方向から訪れた。

その年の六月、喫茶店に出入りしていた、佐久間と同じ工場に勤めるAという男が殺された。何者かに撲殺《ぼくさつ》され、ボロクズのようになった死体がガード下で発見された。

数日後、今度はやはり仲間の一人の大学生のBが、自宅アパートで首を吊《つ》った状態で発見された。状況から鑑みるに、首吊り自殺に偽装した殺人であることは明らかだった。

「そもそも、犯人は偽装するつもりなんか端《はな》からなかったようだがな」

と洋子たちを取り調べた刑事が言った。

「絞め殺した後、処刑のスタイルにしたんだろう。見せしめのようなものだな」

刑事たちはグループのメンバーを警察署に連行した。待っていたのは厳しい取り調べだった。

洋子の取り調べは比較的軽いものだったが、刑事たちは、ヤクザ者の娘が共産主義者たちとつきあっているのが、不思議で仕方がないようだった。現場の状況から、ヤクザの関係者の犯行ではないと判断されたが、それでも不衛生な留置所に一泊留め置かれた。

「アカと一緒に逮捕されるなんて、お前は俺に恥をかかせたな！」

家に帰った洋子を、父は酷《ひど》くなじった。自分だって警察に世話になる人間の癖に、と洋子は思った。

だが父は逮捕そのものよりも、逮捕されるほど洋子が共産主義の活動にかかわっていることが許せない様子だった。

戦前は、インテリ層の若者の間に共産主義が流行した。それを快く思わない政府は、左翼的な政治活動を禁止する治安維持法を制定し、共産主義者を厳しく取り締まった。

昭和三年、日本で最初の普通選挙が実施された翌月の三月十五日、日本共産党、労働農民党など社会主義政党の関係者約一五〇〇人が検挙された。共産主義の高まりに危機感を覚えた政府が行った、日本初の大規模な弾圧事件であった。

多数の党員が投獄され存亡が危ぶまれた日本共産党は、検挙を免れた委員たちによって再建されようとしていた。だが政府が黙っている訳もなく、翌年の昭和四年四月十六日、全国で共産党員が一斉に検挙された。これらは三・一五事件、四・一六事件と呼ばれ、政府による共産党弾圧の歴史として語り継がれている。

戦争が終わると、国民主権の名の下《もと》に、大手を振って自分の思想信条を表明できるようになった。共産党もソ連からの活動資金を得て、華々しく復活した。佐久間や洋子のような若者が共産主義に足を踏み入れたのも、あんな酷い戦争に国民を巻き込んだ国家という怪物に対する懐疑があったことも、否定はできないだろう。

しかし共産主義に反発を抱く者は多かった。敗戦したからといって政府の共産主義者に対する評価が変わる筈《はず》もない。だから証拠もなしに洋子たちは取り調べられた。誰が二人の仲間を殺そうが、警察にとってはどうでもよかったのだ。所詮、死んだ者も容疑者もアカだ。取り調べと称して適当にいたぶってやればいい。

共産主義者とつきあっているだけならまだしも、殺人事件の容疑者になったことが学校に発覚し、洋子は無期限の停学になった。退学と同じことだった。父は更に怒り狂った。良家の子女が集まる学校で、父は娘がそんな程度の良い学校に通っていることを、密かな誇《ほこ》りにしていたのだ。

浜野家が良家でないから、コンプレックスの解消のために、自分をあの学校に通わせていることを、洋子は早くに気付いていた。進歩的な発言をしていたあの良美が、事件が起きた途端に借りてきた猫のように大人しくなったことを風の噂《うわさ》で聞いたが、もはやどうでもよかった。

取り調べにあった仲間たちは、最終的には全員釈放された。二人の仲間を殺した犯人は結局分からずじまいだった。もちろん警察は捜査を続けるだろうが、本腰を入れて調べるとは思えなかった。事件が共産主義者の弾圧の材料になるのなら話は別だろうが、現状そんな証拠は何もないのだった。

停学になったこと以外にも、問題はあった。共産主義者を厭っている者は大勢いる。どこかの無頼漢が二人の仲間を殺したのかもしれない。次は自分が殺されても不思議ではないのだ。

ただ洋子は自分は安全だろうと考えていた。まだ彼らとのつきあいは浅いし、現状の活動と言っても、プロレタリア文学を語ったり、自分でも真似事で小説を書いてみたりする程度だ。リーダーの佐久間と恋仲になってしまったこともあり、いずれ本格的に共産主義に染まってしまう予感はあった。だがとにかく、今はまだそこまでの段階ではない。自分のような入り口に立ったばかりのような小娘より、もっと殺すにふさわしい人間は沢山いるはずだった。つまり佐久間のような男。

佐久間と連絡が取れない日々が続き、洋子は不安に胸を痛めた。もう既に殺されてしまったのかもしれない、と本気で思った。

佐久間のアパートの部屋には鍵がかけられていて、人がいる気配はなかった。耳をすませたが、猫の鳴き声一つしなかった。

そう言えば、佐久間は一人暮らしのはずだった。出勤中はいったい誰があの猫の世話をしているのだろう。

佐久間は二人っきりになるたび、洋子が好きだとか、大切に思っている、などと甘い言葉を吐いた。そんな言葉を聞く度、洋子の心は歓喜に包まれた。そうは言っても他に女性がいるのかもしれない、と不安に思わないこともなかった。あの汚い部屋の様子を見れば、そんな女はいないと思うが、三毛猫の記憶がまるで澱《おり》のように洋子の心に残っていた。猫の不在が佐久間の不在を現しているようにも思えたのだ。

アパートの他の住人に、佐久間はどこに行ったのか訊《き》いたが、知らないという返事が返ってきた。猫についても同様だった。

勤めている工場にも押し掛けて、彼の所在を訊いた。

「それはこっちが訊きたいよ。もうずっと欠勤が続いているんだ」

返事は素っ気ないものだった。洋子は絶望感に苛《さいな》まれた。アパートにいない。工場にも出ていない。佐久間は拉致《らち》されて、今頃どこかで冷たい死体となって転がっているのではないか。

季節は七月に入っていた。夏に入ったばかりのさわやかな季節なのに、洋子の心は重かった。世間では国鉄の下山《しもやま》総裁が、北千住《きたせんじゅ》駅と綾瀬《あやせ》駅の間で轢断《れきだん》死体となって発見されたニュースで持ちきりになっていた。だが洋子はそんな世間の流れになど関心が持てず、ただ心は過去に置き去りにされていた。

佐久間のことを思い出しながら、洋子は皆で良く集まった喫茶店に向かった。以前は学生たちでにぎわっていた店内も、今は客は誰もいなかった。

「この店も閉めるしかないのかな。客は来ないし、俺も殺されたくはないからね」

マスターはそう言って、寂しそうに笑った。佐久間たちのたまり場になっているだけあって、彼もやはり、世間からはアカとさげすまれる思想の持ち主だった。

「佐久間さん、見ませんでしたか?」

「ああ、彼ね。他の皆は、君みたいに顔を出してくれることもあったんだけど、佐久間君は全然だね。いったいどうしたんだろう」

マスターにまで何も告げずに姿を消したのだ。これはやはり異常だ。

「佐久間さんも殺されたのかもしれない」

と自分に言い聞かせるように、洋子は言った。

「そんな、ちょっと姿を消したぐらいのことで」

マスターは笑ったが、洋子の様子を見て、すぐに真剣な顔つきになった。

「大丈夫だよ。警察の取り調べを受けたばかりの奴を、そんなすぐには殺さないさ」

つまり、ある程度の期間を置いてから殺されるかもしれないということで、何の気休めにもならなかった。

洋子は声に出さずに泣いた。学校に行けなくなっても、この喫茶店の仲間がいれば寂しくないと思っていた。でもあの事件で、自分はその両方を失ってしまったことに、ようやく気付いたのだった。

父とはあれから口を利いていない。家にいても気詰まりなので、こうして佐久間を探して、あちこちを尋ね歩いている。

自分にはもうどこにも居場所がないのだ。

「だって工場にも出勤してないんですよ？　何かあったとしか思えません」

マスターは少し黙ってから、おもむろに言った。

「殺されるってことはないと思う。警察だって何もなしに佐久間君を釈放した訳じゃないだろうから」

「どういうことですか？」

「彼は君らの中心人物じゃないか。もし君らが狙われているとしたら、いつ佐久間君が殺されてもおかしくはない。釈放した佐久間君を四六時中マークして、犯人が襲ってきたところを捕らえるつもりなんだろう」

「でも、だったらどうして工場に出ないんですか？　やっぱり殺されてしまったんじゃないですか？」

「警察がマークしているんだ。殺させやしないさ」

「じゃあ、どうして姿を消したんですか？」

マスターは洋子をじっと見つめた。

「今話したのは、一番無難な可能性だ。君への気休めのためにそう言ったまでだ。正直、単に証拠不十分で釈放されただけだと思うよ」

「でも命を狙われるかもしれないんでしょう？」

マスターは首を横に振った。

「佐久間君は逃げたんじゃないかな」

「犯人から？」

「いいや、警察からだよ。彼が真犯人だからさ」

洋子はマスターを見つめた。何でそんなことを言うの、という無言の抗議だった。

洋子だってマスターの意見が一番自然だということぐらい分かっていた。ただ考えないようにしていただけだ。佐久間が仲間を殺しただなんて信じたくなかったし、何より自分たちを取り調べたあの刑事たちが正しかったことを認めるようで、悔しかった。

「俺だって信じたくないさ。でも彼が疑われても仕方がない状況だとは思う。結構、この店でも激しく議論を戦わせていたし。仮にだよ、あの二人が転向してグループを抜けたいと思っていたらどうだろう？　俺は辞めたい奴は辞めればいいと思う。でもそう考えない奴も大勢いる」

「佐久間さんもその一人ってことですか」

「断定はしないけど、少なくとも警察はそう睨《にら》んでいるはずだ。君だって分かっているんだろ。だから取り調べられたんだと」

酷い、と思った。共産主義を標榜する者を厭う人間は少なくない。にもかかわらず共産主義者が殺されても、そういう人々に殺されたとは思われずに、仲間内の粛清として片づけられるのだ。

「佐久間さんは、そんな人じゃありません」

「それは君がまだ、彼らと上辺だけでしかつきあっていないからだ」

洋子よりも二回りも年上のマスターの意見は説得力をもって彼女の胸に響いた。

「君は大きな会社の社長の娘らしいじゃないか。君のようなブルジョアが、佐久間君なんかと出会ってしまったのが間違いだったんだ。コーヒーが飲みたかったら、いつでも来なさい。だけど、これをいい機会と思って、彼らとのつきあいは止めることだ」

まるで実の娘を諭《さと》すような言葉だった。

「私がブルジョアだから、佐久間さん達の仲間には入れないと?」

「まあ、平たく言うとそうだ。君は若くて可愛らしいから、マスコット的に佐久間君に可愛がられていたんだろう。でも、それまでのことだよ。他の仲間には受け入れられないし、佐久間君が運動を差し置いて君を選ぶことも、まずないだろう」

「酷い」

洋子はそうつぶやいて、頬《ほお》に一筋《ひとすじ》涙を流した。

佐久間は自分のことを好きでいてくれると思っていた。結婚も真剣に考えていた。それなのに、マスコットなどと言われてショックだった。それでは自分は佐久間に、あの三毛猫と同じく、ペットとして扱われていたのか。

「酷いことを言ったと思うが、君のためだ。これが現実なんだよ。家に帰った方がいい」

帰る場所なんて私にはどこにもないんだ。そう洋子は思ったが、口には出さなかった。

しばらく一人にさせた方がいいとマスターは考えたのか、

「これは店からの奢《おご》りだ」

と、コーヒーのお代わりを出して、カウンターの奥に引っ込んだ。

洋子はそのコーヒーに口をつけることもなく、ただ匂いだけを嗅ぎながら、決して長くなかった佐久間との日々を思い返していた。

そしてふと、窓の外を見た。

一人の男が道に立って、店の中を覗《のぞ》いていた。

「佐久間さん？」

思わずつぶやき、洋子は席を立った。目が合うと、男は怯えたように後ずさり、くるりと背中を向けて歩き出した。

「待って！」

洋子は慌てて店の外に出た。男はこちらを振り向くことなく歩いている。

「佐久間さん！」

周囲の通行人達が、何事かと洋子と男を交互に見返す。その周りの反応で、男は小走りに駆け出した。

その反応がショックで、洋子は思わず、その場で立ち止まってしまった。

逃げられたのだ。自分のことを大切な人だと言ってくれたのに。

窓越しに一瞬見ただけだ。他人の空似だと信じたかった。でもそうだったら、なぜ、あんなふうに逃げ出すのだろう。明らかに自分を知っている者の反応ではないか。

肩を落としながら店に戻った。突然飛び出して行った洋子を、何事かという目でマスターは迎えた。

「見間違いじゃないのか?」

今の一部始終を話すと、マスターはそう言った。

「姿を隠しているんだったら、こんなところに顔を出すはずがない。きっと佐久間君のことばかり考えているから、少し似た別人と間違えたんだろう」

「でも、そうだとしたら逃げる必要なんかないと思います」

「このご時世、やましいことがある人間はいくらでもいるさ。俺だって、追いかけられたら逃げるかもしれない」

そのマスターの言葉が、妙に胸に残った。

奢られたコーヒーをゆっくりと飲んで、洋子は店を出た。あたりはもう暗くなっていた。普通だったら高校に通っているような年頃の娘が、夜の街をうろうろしている訳にはいかない。国力が回復し始めた今では以前ほど街娼を見なくなったが、それでもパンパン扱いされて警察に引っ張られてしまうかもしれない。

居場所はないと言っても、やはりあの家に帰るしかなかった。父の顔はもう何日も見ていない。出迎えてくれるのは、子供の頃から慣れ親しんでいるお手伝いさんだけだ。その彼女も、洋子が佐久間たちとつきあっているとしれてから、どこかよそよそしい。

もう家にはいられない。そう思った。あまり浪費するタイプではなかったし、ブルジョアと揶揄《やゆ》されるだけあって、小遣いは同年代の友達よりももらっていたから、それなりに貯金はある。だが、もちろん家を出たら働かなければならない。自分が労働者になって汗水流して働くことに対する不安は否定できなかった。

プロレタリア文学などにかぶれたのは、ブルジョアの娘に生まれた罪悪感から、労働者を偉そうに上から目線で憐《あわ》れんでいたからだった。洋子はそのことに気付き、自己嫌悪に打ち震えた。

良美と再会したのは、それから数日後のことだった。

学校に行けなくなって、自分の将来がどうなるのだろうという不安はあったが、正直、良美と顔を合わせなくて済むのはほっとした。良美だって、きっともう自分になど会いたくはないだろうと思った。

だからお手伝いさんが部屋のドアをノックし、ご学友からお電話です、と告げた時、いったい誰だろうと訝《いぶか》しんだものの、まさか良美とは考えもしなかった。

良美は、有楽町《ゆうらくちょう》のスバル座で、封切られたばかりの『子鹿物語』を一緒に観ようと言う。映画など観る精神状態ではなかったから、関心は薄かった。だが、なぜ良美が自分に会いたがっているのかに興味があった。厭《いや》な思いをするかもしれないが、少なくとも今のような宙ぶらりんな状態を続けるよりマシだ。

日曜日の有楽町はかなりの人出で、映画も次の回の上映まで並んで待たなければならなかった。話題作だからそれは仕方がないのだが、良美と一緒に並ぶのが、手持ち無沙汰で気まずかった。

「災難だったわね」

と良美は言った。洋子は投げやりな気持ちで答えた。

「こうなって喜んでいるんでしょう?」

「喜ぶ?」

「そうよ。良美が好きだった佐久間さんを、私が横取りしたから。罰が当たったとでも思ってるんじゃないの?」

良美は、くっくっ、と押し殺すように笑った。その笑い方が、まるで勝ち誇っているかのように聞こえて、余計に腹立たしかった。

「そうね。あのまま私が佐久間さんとつきあってたら、私が停学になっていたかもしれない。洋子、私の身代わりになったようなものだよね」

洋子は良美を見つめ、

「ひょっとして、あなた最初っからこうなるって分かっていたんじゃないの？」

と言った。

「どういうこと？」

「佐久間さんを奪った私に対する復讐《ふくしゅう》よ」

「何？　私があの二人を殺したって言うの？」

「そこまでは言わないわ。でも、二人が殺される情報を事前につかんでいたんじゃないの？　あなたは何の手も打たずに、見殺しにした」

良美は今度は呆《あき》れたように笑った。

「そんな推理を誰が信じると思う？　商社に勤める会社員の娘が、殺人事件の計画を事前に察知していただなんて。夢物語もいいところよ。まだ、あなたの方が」

と言いかけて良美は口をつぐんだ。洋子はヤクザの娘だから、そういう情報を手に入れやすいはず、と言いたかったのだろう。

「私は佐久間さんをあなたから奪った。その代わりに停学になった。これでおあいこよ。

そうでしょう? 恨みっこなしよ」

そうね、と良美はつぶやいた。本当はおあいこではないのだ。佐久間は失踪《しっそう》してしまったのだから。佐久間を見つけださないと、自分は何もかも失ったままだ。

並んでまで観た『子鹿物語』は子供と鹿が愛らしく最初は楽しかったが、ラストがあまりにも衝撃的で、どうしてこんな映画を見せるのかと、良美に文句の一つも言いたくなった。自分があの子供の立場だったら、同じ選択をするだろうか、とぼんやりと思った。

映画の後、洋子たちは宝塚劇場の近くの喫茶店に入った。佐久間たちのたまり場のあの店とは違って、煉瓦《れんが》づくりの店内が上品な銀座《ぎんざ》にふさわしい店だった。

良美は店の一番奥の人気のない場所に席を取った。最初は良美と再会するのに緊張したが、意外にたやすく仲直りができた。やはり来て良かった、と洋子は思った。

しばらく取り留めもない話をした後、洋子はいつもの店にいる時に、佐久間らしき人物を見かけた話をした。

その話を聞いても、良美は驚かなかった。それどころか、知っていると言わんばかりの態度だった。

「その人、佐久間さんに間違いないわ」

そう良美は断言した。

「何故そう言い切れるの？　私を見て逃げたのに」

「あなた、大声で佐久間さんの名前を呼んで追いかけたんでしょう？　そりゃ逃げるわよ。だって彼、追われてるんだから」

「警察に尾行されてるってこと？」

「違うわ。ＧＨＱに命を狙われているのよ」

良美の口から、ここからほど近い場所にある機関の名前が出て、洋子は驚いた。つまりマッカーサー最高司令官の命令によって、佐久間の仲間達は殺され、彼自身も命を狙われている、と良美は言いたいのだろうか。とても信じられる話ではなく、思わず声を上げて笑ってしまった。

「笑い事じゃないわよ。戦争が終わったから、皆大っぴらに共産主義の活動を始めたわ。今年の衆議院選挙じゃ、共産党が三十五議席も取ったじゃない。日本だけじゃない。中華民国の内戦じゃ、毛沢東《もうたくとう》の共産党が圧倒的に有利だって話よ。アメリカは何としてでも、これ以上アジアで共産主義の勢力が増すのを阻止したいのよ」

「だからって、プロレタリア文学が好きな大学生と工員を殺したって、大勢に影響すると思う？」

良美は洋子を見つめ、思い切ったように、

「あの人たちは、ただのプロレタリア文学愛好家じゃなかったのよ」

と言った。

「どういうこと?」

「洋子。あなた、国鉄の下山総裁の事件、どう思う?」

ごく個人的な話から、いきなり最近世間を騒がしている大事件の話になって、洋子は戸惑った。

「どう思うって、別に。関心がないわけじゃないけど、関係ないし」

「関係ない? とんでもないわ。下山総裁は国鉄職員の大規模な人員整理を進めていた。それに反発した労働組合と共産党が下山総裁を殺したんだとしたら?」

その良美の話を、洋子は嚙《か》みしめるように聞いた。

「佐久間さんたちが、その下山総裁の事件にかかわっていたって言うの?」

良美は頷《うなず》いた。

「あの二人は、準備段階で何かトラブルが起こって、口封じのために殺されたのよ。もしかしたら怖じ気付いてグループを抜けようとしたのかもしれない」

それではやはり、仲間内での粛清と睨んだ、洋子たちを取り調べた、あの刑事たちの判断は正しかったのか。

いや、そんな話が信じられるはずがなかった。確かに誰が殺されようと殺人事件というだけで大事《おおごと》なのは分かる。でもあの二人の事件と、下山総裁の事件とでは、世間の話題の程度に天と地ほどの差がある。二つの事件に関連があるなど、ほとんど誇大妄想にしか思えない。

「どうして、そんなことを思いついたの？」

「佐久間さんに直接聞いたからよ」

洋子は耳を疑った。

「佐久間さんに会ったの⁉」

「会ったわ。下校途中に待ち伏せされたの」

ショックだった。佐久間は良美ではなく自分を選んでくれたと思っていた。それなのに良美には胸の内を話し、一方、洋子には顔を見るなり逃げ出すのだ。

「佐久間さんが、あなたに、自分が下山総裁の事件にかかわっていると言ったの？」

「はっきり下山総裁とは言わなかったわ。ただ最近起こった大事件としか。だから私の方から、もしかしてと思って下山という名前を出したけど、佐久間さん、否定しなかった」

いくら身近で殺人が起こったからと言って、それが下山総裁の殺人事件とつながりがあるなんて、子供じみた妄想だと思った。

でも洋子にとっては、その疑惑の信憑性《しんぴょう》など、正直どうでもよかった。佐久間が良美の前に姿を現したことの方が重要だった。

「どうして、あなたに会ったの?」

そうつぶやいて、洋子はハンカチで目頭を拭った。

グループを抜けたと思っていたが、その実、陰で佐久間と会っていたのだろうか。佐久間は最初っから自分ではなく、良美を選んでいたのだろうか。そんな思いが頭の中をぐるぐると回った。

「佐久間さんは、あなたが好きだったのよ。だから私のところに来た」

「嘘」

「嘘じゃないわ。でも、佐久間さんはGHQに狙われている。迂闊《うかつ》にあなたと会ったら、あなたに迷惑がかかるかもしれない」

「なら、最初っから、あんなお店に顔なんか出さなきゃ良かったのに」

「マスターに話があったのよ」

「何の話よ?」

良美はこころもち身体を洋子の方に近付けて、

「あなたの話よ」

「私の？」

「そう。偶然、あなたはあの店にいた。だから驚いて佐久間さんは逃げちゃったのよ。いい？　マスターにあなたへの伝言を言付けられなかったから、佐久間さんは私に頼んだの。だから私は、今日、あなたを呼んだの」

その良美の言葉を喜んでいいのか、悪いのか、そんなことも洋子には分からなかった。

「洋子。私、あなたのことなんて全然恨んでないのよ。私、佐久間さんが会いに来てくれて本当に嬉しかった。でも、会いに来た用はあなたへの言付けだった。私が佐久間さんのことが好きだってこと、あの人、まったく気付いていないみたいだった。だからもういいのよ。何の未練もないわ」

「佐久間さんは、私になんて言ってたの？」

「もしこんなことになっても、まだ自分と一緒になってくれるなら、どうか青森の実家に来て欲しいって。行き方を知っているから教えてあげる」

現実感が薄かった。良美が自分をかついでいるとすら思った。

本当なら疑うべき事態のはずだった。ＧＨＱに追われているという男が、恋人を実家に招こうと言うのだ。だがかつぐなら、もっと現実味がある話を作る筈、そう自分を納得させると、佐久間への渇望が堰《せき》を切ったようにあふれ出した。彼を諦めかけていただけに、尚更だった。

佐久間と結婚して、青森の農村で幸福な家庭を築く自分を想像した。そこが自分の本当の居場所のような気がした。

「実家のある村は、全員家族みたいなものだから皆で匿《かくま》ってくれるそうよ。でも、正直、危険だと思う」

「何が?」

佐久間との家庭を想像していた洋子は、上の空でそう訊いた。

「相手はGHQよ。佐久間さんの実家ぐらい当然把握しているはず。そんなに閉鎖的な村なら、そこに匿われている可能性をすぐに思いつくでしょう。永久に匿うことなんかできないんだし、いずれボロが出る。下山総裁の事件にかかわっている容疑者を匿ったら、あなたも今度こそただじゃ済まないかもしれない」

GHQが永久に日本を統治することもないわ、と洋子は心の中でつぶやいた。良美も、あんなことを言って、自分が佐久間に好かれていることに嫉妬しているのだ、と考えた。

その時だった。

「お話し中、申し訳ありません」

と一人の男が洋子と良美に話しかけた。二人はびっくりして声のした方を見上げた。

佐久間と同年代ほどの若い男だった。きちんとスーツを着ている。佐久間の仲間か、と一瞬思ったが、そうではないと直感が告げていた。服装や立ち居振る舞いが、工場の労働者という感じではなかったからだ。丸顔で、人懐っこそうな微笑みがどことなく嘘臭い。

「失礼ですが、浜野組の社長のお嬢さんですか？」

はい、と思わず返事をしてしまった。

「やっぱり。以前一度ご自宅の近くでお見かけして、もしやと思ったんですよ」

周囲の客達の視線がこちらを向いているのを感じる。せっかく、良美が人目につかない席を取ってくれたのに、これでは台無しだ。

「どちら様ですか？」

強い口調で良美が言った。良美のそんな声を聞いたのは初めてのような気がした。

「これは失礼しました」

そう言って男は名刺を差し出した。『週刊G　編集局員　笹田二郎《ささだじろう》』とあった。

「一度、ぜひ浜野組のお嬢さんにお話を伺いたいと思っていたんですよ」

「私に？」

突然の闖入者《ちんにゅうしゃ》に、洋子は戸惑うばかりだった。一方、良美はまるで睨みつけるように笹田を見ている。

「先日殺害された、あなたのお知り合いについて、二、三、お話を伺いたいのですが。いえ、お時間は取らせません」

笹田がそう言った途端に、

「洋子、出よう」

と言って、良美が洋子の手を引いて立ち上がった。言われるがままに洋子も立ち上がり、会計を済ませて店を出た。笹田は追ってこなかった。

二人はしばらく、無言で銀座の街を歩いた。どちらかと言うと、良美の方が黙りこくっていて、迂闊に声をかけられる雰囲気ではなかった。

洋子は有楽町、日比谷《ひびや》、銀座界隈が好きだった。この一帯も空襲の犠牲になって焼け野原になった。ところが終戦後わずか数年でここまで復興し、華やかな町並みを誇っている。モダンなビルの下をこうして歩いていると、自分まで華やかになったような、そんな気がする。

日本劇場の巨大な円形の建物を見上げながら、洋子は考える。突然記者が現れて、不《ぶ》躾《しつけ》に質問をされたことに不快な気持ちがしたのは事実だ。しかし、どうして良美が憤るのだろう。質問をされたのは自分の方なのに。

「話を聞かれたかも」

と外濠《そとぼり》川にかかる数寄屋《すきや》橋を渡りながら良美は言った。まさか、と思う。佐久間が行方不明といっても、別に殺人の罪で逃走している訳ではないのだから、雑誌記者に話を聞かれてもどうということはないはずだ。

だがもし佐久間がＧＨＱに追われていることが事実ならば、余計な情報が漏れることは極力避けるに越したことはないかもしれない。

「大丈夫だと思うよ。あの人、私の顔を見て声をかけてきたんだろうし、店の一番奥だったから話は聞かれてないよ」

自分に言い聞かせるように、洋子は言った。だが、その洋子の言葉は気休め程度にしか良美には届いていない様子だった。

「もしかしたら、あいつ、映画館からついてきたのかもしれない」

「まさか。そんな考え過ぎよ」

「だって、あんなところで偶然出会うと思う？　映画館どころか、あなたの家からずっと尾行していたのかも」

確かに笹田は自分のことを良く知っているようだった。以前からつけ狙われていたかもしれない、と思うと、ぞっとした。

「雑誌の記者っていうのも怪しい」

と良美はつぶやいた。

「名刺をもらったわ。記者じゃなかったら、何だっていうの?」

「スパイよ。GHQの」

今度ばかりは笑えなかった。何しろ、有楽町、丸の内界隈は、GHQのお膝元なのだ。

「そもそもあの事件が起きて、あなたが停学になってから何日も経つわ。それまで、あんな記者に取材を受けたことが今まで一度でもあった?」

確かに、なかった。

「それなのにどうして今更? 間違いないわ。佐久間さんが動きを見せたから、向こうも行動を開始したのよ」

さっきまで良美は平静に佐久間の話をしていたのに、あの記者の出現に取り乱している様子だった。その信憑性は定かではないが、少なくとも彼女自身は真剣のようだった。

突然、GHQや下山総裁の事件などという大仰な話題になり、呆気《あっけ》に取られたのは事実だ。しかし仲間が二人も殺され、洋子自身も取り調べられたのだ。突拍子もないと切って捨てることなどできなかった。

「私は、どうしたらいいの?」

そう良美に訊いた。

「どうするかはあなたが決めることよ。佐久間さんは、私でも、他の仲間でもなく、あなたに青森に来てくれと言った。悔しいけど、佐久間さんにとってはあなたは特別な人よ。あなたの代わりに私が青森に行ったたって、佐久間さんは私を選んではくれない。だからもう私には関係ない話ね」

そんなに私が特別だと思っているのなら、どうしてあの時、私を見て逃げたのだろう。どうして一緒に青森に逃げようと、誘ってくれなかったのだろう。それらの疑問を、直接佐久間に会って問い質したいと思った。

翌日、洋子は書店で週刊Gを探した。だがそんな雑誌はどこの本屋にも置いてなかった。店の者に訊いても、誰一人その存在を知らない。週刊Gなどという雑誌は実在するのだろうか。

名刺の番号に電話したが、まるで繋がる気配はなかった。

こんな名刺ぐらい、簡単に作れるだろう。良美の言ったとおり、笹田はGHQのスパイなのかもしれない。少なくとも何らかの目的で洋子に近付いてきたのは事実だ。迂闊な行動はできないな、と洋子は思った。

洋子が、青森の佐久間の実家に出向くまで、それから一ヶ月もかかったのは、笹田の存在があったからだ。

本当はすぐにでも会いに行きたかった。でも迂闊に佐久間に会いに行ったら、後を付けられて居場所を教えるようなものだ。

洋子は毎日のように自分の部屋から外の様子を窺《うかが》ったが、笹田らしき人物を見かけたことはなかった。学校を停学になっていつも家にいる十七歳の娘など、厳重に見張る必要はないとでも考えているのかもしれない。佐久間に繋がる可能性のある人物は、洋子以外にもいるだろうから。

となれば、ぐずぐずしてはいられない。

佐久間に会いたかったのはもちろんだが、それ以前にこの家から出たかった。洋子は父親からアカのレッテルを貼られている。世間の目があるから家に置いているが、内心では勘当したいと思っているに違いないのだ。

ならば、そうなる前に自分から出て行くまでだ。笹田のこと以外に、ためらう理由はない。愛しい恋人が青森で自分を待っているのだから。

荷物をまとめ、洋子はお手伝いさんの目を盗んで家を出た。

『暫《しばら》く、留守にします。探さないでください』

という書き置きを部屋に残した。行き先は記さなかった。今の自分は勘当同然だが、連れ戻される可能性がないとは言えない。父は子分たちの手前、叱った娘が家出をしたぐらいで大騒ぎして探すのはみっともないと考えるだろう。だが娘を誘惑したアカを捕まえるという名目なら、父は自分のプライドを保ったまま子分を動かすことができるのだ。

まるで知らない青森の農村に、単身乗り込むことに不安はあった。だがもう、佐久間に会いに行く以外、自分の取るべき道は何もない、そう洋子は思った。

第二章

青森県、大湊《おおみなと》駅から国鉄バスに乗り、一時間ほど行ったところに、その村はあった。

夏の暑い日差しに汗を拭きながら訪れた洋子を最初に出迎えたのは、一匹の猫だった。

一瞬、洋子は佐久間が飼っていたあの三毛猫を思い出した。オレンジと黒の模様も良く似ている。だが、そんなはずがない、と理性が否定をした。三毛猫など日本中どこにでもいる。東京と青森で似たような三毛猫を見つけたからといって、何だというのだろう。

だが、その三毛猫が赤茶色をした首輪をしていることに気付いて、洋子は愕然《がくぜん》とした。佐久間が飼っていた猫も、同じ色の首輪をしていたのだ。

洋子は思わず猫に手を伸ばした。しかし警戒されたのか、猫はくるりときびすを返して、来た道をまた向こうに走って行ってしまった。

佐久間はこの村にいると洋子は確信した。あの三毛猫は、佐久間が飼っていた猫に間違いない。同じような猫はどこにでもいるが、同じ首輪はそうそうない。単純な赤色ではなく、ワインのように上品な色だな、と思ったことを良く覚えているのだ。

佐久間は猫を可愛がっていた。この村に逃げ込む時、猫も一緒に連れて来たのだ。そうでなければ、佐久間が飼っていた猫がこの村にいる理由がないではないか。

猫が逃げた方に向かって歩いていくと、こちらをじっと見ている視線に気付いた。

畑仕事をしている農夫の老人だった。

「こんにちは」

と洋子は言った。返事はなかった。ただじっと洋子の顔を見つめている。

「佐久間さんのお宅をご存じですか?」

知らないはずがない。この村一番の地主なのだ。しかし、農夫はやはり何も答えなかった。自分が余所者《よそ》であることを思い知らされた瞬間だった。

気まずくなり、洋子は軽く会釈《えしやく》をして、その場を通り過ぎた。その間、農夫は仕事の手を止めたまま、ずっと洋子を見つめていた。

砂利交じりの道を歩くうちに何人もの村人とすれ違ったが、皆反応は同じようなものだった。洋子は不安に襲われた。閉鎖的な村だからこそ佐久間が逃げ込んだとは聞いていたが、ここまでとは思わなかったのだ。

佐久間の家ぐらい、道を尋ねれば誰かが案内してくれるだろう、と軽い気持ちでやってきたのだ。もし誰も道を教えてくれなかったら、いったいこれからどうすればいいのか。

家々はバラックに毛が生えたような貧しい佇《たたず》まいだった。庭先に野菜を吊るしている家もある。大根を干しているのだろうか。お腹は空いていたが、それを見ても何の食欲も湧かない。

人一人座れるぐらいの石があったので、洋子はそこに座り込んだ。水筒のお茶を一杯飲んで喉《のど》を潤《うるお》し、やはり無謀だったのかもしれないと後悔し始めた。この村に来れば、すぐさま佐久間が飛んできて自分を出迎えてくれる、ぐらいのことは考えていた。でも実際、出迎えてくれたのはあの三毛猫で、しかもどこかに行ってしまった。

こんなことなら追いかければ良かったと思った。もしかしたら佐久間がいる場所まで連れて行ってくれたかもしれないのに。

途方に暮れたまま、その場に留《とど》まっていると、村人たちが一人二人と集まってきて、遠巻きに洋子を観察し始めた。気付いた時には、その人数は十数人にもなっていた。今の洋子には、それを不快に思う気力もなかった。

村人たちの中から、一人の子供が現れて、ゆっくりと洋子の方に近付いてきた。

坊主頭の男の子だった。

「どこから来たの？」

どうやら、直接話しかけたくないから、まず子供を使って様子を窺おうという作戦のようだった。洋子にしてみても、この子供でコミュニケーションが図れるなら、願ってもなかった。

「東京よ」

「何しに?」

「佐久間さんに会いに来たのよ」

「どうして?」

「佐久間さんの息子さんが東京から帰ってきているって聞いたから」

佐久間の息子、というフレーズで初めて周囲の村人たちが、ざわざわとし始めた。佐久間の家、という言葉はさっき出したが、こんな反応はなかった。どうやら、息子という部分が重要なようだった。

やはり、佐久間は帰ってきているのだ。その思いを、改めて洋子は強くした。

「佐久間さんのところの息子さんに何の用?」

二十代後半だろうか、子供の後ろから一人の女性が出てきて、洋子にそう訊いた。村人の女性たちは、皆モンペ姿だったが、その女性だけはよそ行きっぽい洋装だった。

「会いに来たんです。来てくれって言われて」

「そんな話は聞いてないわ。何かの間違いじゃないの?」

「どうしてあなたにそんなことが分かるんですか?」

少し気分を害して、洋子はそう訊いた。

「息子さんが帰ってきたら、瞬く間に噂が広まるわ。ここはそういうところなのよ。東京から来たあなたには分からないでしょうけどね」

もし佐久間が実家に匿われているのなら、この村人たちが佐久間が帰っていることを知らなくても当然だ。

いや、もしかしたら知っているのかもしれない。村人たちの洋子に向ける眼差しは、まるで敵の捕虜を見つめるかのようだ。村中でグルになって佐久間を匿っているのなら、簡単に彼の居場所を教えはしないだろう。

自分と佐久間が特別な関係にあったことを彼らに伝える術がないことに気付き、洋子は愕然とした。良美はああは言っていたが、何としてでも彼女を連れてくれば良かった。佐久間に直接伝言を言付けられたのは彼女なのだから。

中年や老人が多い村人たちの中にあって、一人だけ若い男が洋子を睨むように見つめていた。佐久間と同年代か。もしかしたら幼なじみの類いなのかもしれない。でも、それにしたって何故あんな顔で睨まれなければならないのだろう。

洋子は立ち上がって、その男に近付いて行った。周りの村人たちは、まるで洋子が害虫か何かのように離れていった。

「佐久間さんのお知り合いですか？」

男は答えなかった。近付いて初めて気付いたが、首のあたりにケロイドのような火傷《やけど》の痕《あと》があった。

「出てけ」

洋子の質問に答えず、男はそう言った。

「あいつは村から出て行った男だ。訳の分からないモノをここに持ち込むんじゃない！」

「何も持ち込んでません！」

ちょっとあなた、と先ほどの女性が洋子の肩に手を置いた。

「こんなことをしても埒《らち》が明かないわ。佐久間さんのお宅には案内する。それで佐久間さんのご主人と気が済むまで話せばいい」

「志子《なおこ》さん、そうは言っても」

「この人を追い返したって、どうせ東京で村のことを言いふらすに決まってるわ。なら最初っから、ここには佐久間さんの息子さんなんていないってことを分からせた方がいい」

と志子と呼ばれた女性は言った。

「きっと佐久間さんだって、そう判断すると思うわ」

佐久間の父親は、どうやら村人たちの中で絶対的な存在のようだった。この村の大地主というだけある。佐久間が共産主義に染まったのは、自分のそれと同じ理由なのかもしれない、と洋子は思った。

志子の意見に反対する者は誰もいなかった。洋子は志子に連れられて、佐久間の家に向かって歩いた。

ずっと黙っているのも変だと思って、洋子は志子に話しかけた。他の村人は取り付く島もないといったところだが、この女性だけは最低限の会話が通じる気がした。

「さっきの男の人は、誰なんですか?」

「郷田《ごうだ》さんよ。言っておくけど、別にあなたを佐久間さんに紹介する義理は私にはないから。家までは連れて行ってあげるけど、後は勝手におやんなさい」

冷たい返答だった。

「あなたが不用心に郷田さんに声をかけたから、助けてあげただけよ。あなたが殴られるところなんて見たくないから。他の人たちはきっと見て見ぬふりをするでしょうし」

「あの人、首のところに火傷の痕が」

「パラオで火炎放射器にやられたそうよ。目の前で仲間が大勢焼き殺されたって。間一髪のところで助かったけど、それでも身体の半分を焼かれた」

佐久間と同年代かと思ったが違ったようだった。佐久間は徴兵された年代ではない。

しかし幼なじみでないとは限らない。

「あの人、佐久間さんの息子さんと知り合いなんですか？」

「佐久間さんの息子さんを知らない人なんて、この村には一人もいないわ」

と志子は答えた。

洋子は、お互い面識があるかどうかを訊いたのだが。だが問い質すと気分を害されると思って、それ以上、何も言わなかった。

「東京には傷痍《しょうい》軍人さんが沢山いるんでしょうね」

と志子はぽつりとつぶやいた。なぜ、唐突にそんなことを訊くのか分からず、洋子は、

「ええ、それはまあ」

などと曖昧に言葉を濁した。

そのままほとんど何も喋らず、洋子は佐久間の家に案内された。地主の家にふさわしい、大きな屋敷だった。

志子は洋子を置いて、そのまま今来た道を引き返してしまった。家の場所は教えるけど、紹介はしない、というのは本当のようだった。

志子の姿が見えなくなってから、洋子は改めて周囲の様子を窺った。さっきまであれほどいた村人たちの姿が、今は一人も見えなかった。まるでこの佐久間の屋敷を畏怖《いふ》し、近

付いてはならないものと考えているかのようだった。

だから志子も帰ってしまったのだろうか。

洋子も逃げ出したい気持ちに襲われた。だがここに来るために、わざわざ家出同然に青森までやって来たのだ。今更逃げ帰る訳にはいかない。

「ごめんください」

洋子は玄関の扉を開け、大きな声で言った。

「どなたかいらっしゃいませんか」

暫くすると、一人の老婆《ろうば》が玄関先に現れた。佐久間家に仕えている人だな、とその服装から洋子は思った。

「どちらさんですか?」

「初めまして。私、浜野洋子と申します。東京から来ました。こちらの息子さん、忠彦さんの友人です」

「それが?」

「あの、忠彦さんがこちらに戻ってきていると聞いて」

洋子がそう言い終わるや否や、

「知りませんな。坊ちゃんはもう何年もこの家に戻って来ませんからなあ」

と老婆はよどみなく答えた。明らかに怪しかった。洋子が息子のことを訊くのを分かっていて、あらかじめ用意しておいた答えを言ったふうにも思えた。

「本当ですか?」

と洋子は訊いた。

「本当ってどういうことですか!」

老婆は怒鳴った。思わず洋子は首をすくめた。そして、こんなことですぐに怒鳴るのはやましいことがある証拠だと思った。

確かに会いに来たと突然訪ねてきた怪しげな訪問者に、おいそれと佐久間を会わせたりはしないだろう。匿っている意味がなくなる。向こうにしてみれば、当然洋子をGHQ、あるいは警察の回し者ではないかと疑っているだろうから。

「忠彦さん、私の友人に実家に帰ると言っているんです」

「あんたに直接言った訳じゃないんでしょう?」

そう言われると、洋子は何も反論できなくなった。でも、彼と同じ仲間であることだけでも伝えなければ、と思った。

「これです。この写真を見てください」

佐久間のアパートで皆で撮った写真だった。佐久間も、洋子も、良美も、殺された二人のメンバーも、そしてあの猫も写っている。

そう、猫だ。

「私たち、文学が好きでよく集まって話をしていたんです。その猫、忠彦さんが飼っていた猫です。さっきバスから降りてすぐに見かけました。忠彦さん、猫と一緒にここに戻って来たんじゃないですか?」

また怒鳴られると思ったが、老婆は写真を直視したまま、暫く何も言わなかった。

やがて、

「これが東京の坊ちゃんか」

とポツリとつぶやいた。

「私たち、仲間だったんです」

本当は、恋人だったんです、と言いたかった。

「暫く待っとき」

と老婆は写真を持ったまま奥に引っ込んでいった。

やがて戻ってきて、

「旦那様が会われるそうだよ」

と言った。思わず洋子は心の中で快哉《かいさい》を叫んだ。試験をクリアしたのだ。もうすぐ佐久間と会える、そう信じて疑わなかった。

踏みしめると、キュッ、キュッと軋《きし》む廊下を進み、洋子は佐久間家の主人が鎮座《ちんざ》する部屋に向かった。部屋の一番目立つ場所に、まるで権力の象徴のように誇らしげに日本刀が飾られている。真剣なのかもしれない、と洋子は背筋が寒くなった。

初めて会う佐久間の父親は、とても小さな人という印象を受けた。だがこの小さな身体で村に君臨しているのだ。佐久間はおそらく、そんな父親が嫌いで東京に飛び出し、そして共産主義に染まった。

「これは、アカの集まりの写真か?」

洋子と会った第一声が、それだったので、完全に自己紹介のタイミングを逸した。アカ、という表現は心外だったが、言い方はどうであれ否定はできないので、はい、と頷いた。

「つまり、あんたもアカか?」

この質問にはさすがに素直に頷けなかったので、

「プロレタリア文学を愛好していることがそう思われるなら、否定はしません」

というふうに答えた。

「文学だかなんだか知らないが、アカはアカってことか」

佐久間の父親は、心底軽蔑したような目で洋子を見つめた。彼はこの眼差しを自分の息子にも向けたのだろうか。

「なあ、嬢ちゃん。この家は四百年以上続いてきたんだ。昔は、ここら一帯は全部うちの畑だった。それがどうだ。農地改革であそこもここも小作人のものになっちまった。全部GHQのせいだ！　挙げ句の果てに、小作人どもは組合を作ってアカの主張を叫びやがる。いいか？　俺はアカが嫌いだ。だから息子も大っ嫌いだ！　忠彦がここに帰ってきた？　馬鹿を言っちゃいかん。あいつだってここに来たところで追い返されると分かっているはずだ！」

父親はまくしたてた。その怒声を聞きながら、洋子は先ほど会った郷田という男のことを思い出した。彼は、訳の分からないモノを持ち込むな、と言っていた。その時はなんのことだか分からなかったが、もしかしたら共産主義のことだったのかもしれない。

この父親に、息子が実家にいるという話を聞いただとか、息子が飼っていた猫を見かけたとか、そんな話をしても聞く耳を持たないだろう、と思った。

だが諦めきれない。この村は、やはりどこかおかしい。皆で佐久間を匿っている濃厚な空気が、匂うかのようだ。村の人々の雰囲気もそうだが、何よりあの猫を見かけたことで、洋子は佐久間がこの村にいると確信した。

しかし自分のような娘がたった一人でどうすればいいのだろう？

「悪いことは言わねえ。あんたにも親御さんがいるんだろう。心配してるぞ。さっさと東京に帰れ」

「帰りません。この村に留まります」

「何をぬかすか。宿なんかねえぞ」

野宿、という言葉が脳裏に浮かんだが、現実的ではなかった。一晩程度ならまだしも、ずっと野宿はできない。それに郷田のような男に襲われる可能性もある。

「じゃあ、いったん大湊の駅に戻ります。そこなら宿はあるでしょうから」

時間を無駄遣いするのが難点だったが、そうすることも辞さない覚悟だった。だが問題は金銭面だった。貯金をすべて持ってきたが、それでも宿に何泊もしたらすぐに底をついてしまう。

すると佐久間の父親は、洋子にとってあまりにも意外な申し出をした。

「どうしても帰らないいって言うなら、この家に泊まってもらうぞ」

佐久間の父親にも優しさがあるんだな、と一瞬思った。だが、彼は先ほどまでの厳しい顔つきを崩していなかった。

私のことを思ってこの家に泊めてくれるのではないんだな、と洋子はぼんやり考えた。

これだけの大きな屋敷だ。お手伝いも大勢いるのだろう。洋子のような娘を一人泊めるぐらい、どうということはないのかもしれない。

「あんたのような女が、この村をうろついて忠彦のことを訊いて回るのは大変な迷惑だ。それにあんたは俺にとって迷惑な客だが、それでも客には違いない。もし、あんたをほっぽり出して、何かあったら俺の問題になるからな」

「何があるって仰るんですか?」

と洋子は訊いた。やはり郷田か。確か志子も、あなたが郷田に殴られる云々《うんぬん》と言っていた。戦争後遺症で心がすさんでしまったのだろうか。

「そんな格好で村をうろつかれたら目の毒だ! 若いもんを刺激するかもしれんからな」

普段町を出歩いているごく普通の格好で来ただけだが、やはり青森の農村では場違いなのかもしれない。

「この村から出て行くか、この家に泊まるか。どっちかだ!」

洋子は深々と、ほとんど土下座せんばかりに頭を下げた。

「泊まらせてください。息子さんはいずれこの村に帰ってくるかもしれません」

洋子は、本当に佐久間はこの村に戻ってきていないのかもしれない、と思い始めた。もし佐久間が戻ってきていて、彼と自分を会わせたくないと思っているのなら、問答無用で追い返すはずだ。にもかかわらずこの村に滞在するという選択肢を洋子に与えた。何も隠し事はしていない、という彼の意思表示のように思えてならなかった。

だからといって、おめおめと東京に戻ることはできない。もしかしたら、洋子がそう考えることを見越してのハッタリという可能性もあるからだ。

こうして洋子は佐久間の実家に滞在することになった。風呂も使わせてくれたし、三度の食事も出た。当てつけに粗末なものが出されるのかと思ったが、特にそんなことはなく、招かれざる客への食事としては十分過ぎるもので、毎度美味しくいただいた。服も毎日洗濯してくれた。そんなことは自分でやると言ったのだが、使用人たちはまるで聞き入れなかった。数日分の着替えしか持ってこなかったが、おかげで毎日清潔な格好でいられた。

ありがたいと思ったが、同時に、恩を着せられているようだとも感じた。もてなしを受けたら、相手を強く追及できなくなるのは人間として当然の心理だ。佐久間の父親もそれを狙っているのかもしれない。

洋子には四六時中、最初にこの家で彼女を出迎えた婆《ばあ》やがついて回った。別にこの村のどこへでも自由に出歩けるのだが、村人に佐久間のことについて尋ねようとすると、途端に婆やが話を遮った。もっとも話を遮られなくとも、村人の方も洋子を警戒し、ろくに話をしてくれないだろうが。

必然的に、洋子のこの村での話し相手は、いつも一緒にいる、その婆やになった。

しかし話し相手と言っても、

「忠彦さんを子供の頃から知っているんですか？」

「もちろんです」

「また会ってみたいとは思いませんか？」

「……」

あるいは、

「忠彦さん、誰か農家の人と友達ではなかったんですか」

「坊ちゃんは明るいお方ですから、お友達は大勢いましたよ」

「その人に紹介してくれませんか？　地主の息子さんなのに共産主義に傾倒したのは、もしかしたらそのご友人の影響なのかも」

「……」

一事が万事その調子で、会話が発展せず、洋子はまるで一人で喋っているような気持ちになった。

佐久間の家に案内してくれた志子という女性とまた会ってみたいと思った。話をしてくれるとは限らないが、他の村人たちと比べたらまだ脈がありそうだ。もちろん会ったところで婆やが側にいる限り、結局は同じことだろうが。

以前、それとなく口に出したら、

「ああ、あの後家さん」

と彼女のことを少し話してくれた。

「旦那が乗ったフィリピン行きの輸送船が、敵の攻撃を受けて沈んだと。ちょうど、済《さい》州《しゅう》島の近くだったそうです」

洋子はあの時、志子が訊いた、東京には傷痍軍人さんが沢山いるんでしょうね、という言葉を思い出した。そんな状況だったら、遺骨も届かなかっただろう。どこかで生きていても不思議ではない、という気持ちから出た言葉だったのかもしれない。

だが、その志子と会ってみたいと言うと、婆やはまた例のだんまりを決め込むので、まったく取り付く島がなかった。

佐久間の父親が滞在を許してくれたことで、この村に彼はいないのではないか、と思ったこともあった。だが、あまりの婆やの監視の厳しさに、やはり佐久間はこの村に匿われているのだ、と改めて思った。余所者の洋子に見られては拙《まず》いものがあるのだ。

そしてそう考えたもう一つの理由は、あの猫だ。

婆やに監視されながら、村を歩いている時、再び洋子はあの猫を見かけた。思わずしゃがみ込み、おいで、と手を差し伸べた。今度は猫は逃げなかった。

洋子は猫を抱えた。その三毛の模様は、やはり佐久間がアパートで飼っていた猫と同じような気がする。そして何より、このワイン色の首輪だ。首輪をまじまじと見つめて、洋子は思わず息を飲んだ。

アパートで見た時には気付かなかったが、その首輪には小さく『SAKUMA』とアルファベットで焼き印が押されていたのだ。

間違いない。これは佐久間が飼っていた、あの猫だ。

「どうしたんです？」

と婆やが訊いた。

「この猫、東京で佐久間さんが飼っていた猫です！　どうしてここにいるんですか？」

婆やの表情が一瞬変わったのを、洋子は見逃さなかった。

「教えてください！　佐久間さん、ここに戻って来てるんでしょう？　そうでなかったら、この猫がここにいるはずがないもの」

「東京から、この村まで逃げて来たと違う？　ご主人の匂いを辿《たど》って」

いけしゃあしゃあと婆やが言った。本気で言っているのだろうか。東京からここまで六百キロ以上あるのだ。汽車で丸一日かかったのだ。

しかし、この猫が自力でここまでやって来たというなら、それでも構わない。

「ご主人の匂いを辿ったってことは、やはり佐久間さんはこの村にいるんですね？」

「いや、それは言葉の綾《あや》っちゅうもんです」

と婆やは言った。

「猫は猫。坊ちゃんは坊ちゃんだ。猫がいるから坊ちゃんがいるって理屈にはならん」

本当に憎らしいお婆さんだ。そんなにまでして佐久間と会わせたくないのだろうか。

佐久間の父親に訴えようとも考えた。しかし彼は話も聞いてくれないだろう。顔を見たのは、ここに滞在する許可を得た最初の一回きりなのだ。

仕方がないから連れて帰った。

「ねえ、あんたのご主人、今、どこにいるの？」

そう言って洋子は猫の頭を撫《な》でた。猫は鳴くでもなく、膝の上で大人しくしていた。

村をうろついても、婆やがついて回る。所詮相手はお年寄りだから、走って逃げれば撒《ま》くのは簡単だと思う。しかし、洋子一人で村人に話を聞いて回ったところで、無視されるのは分かり切っているのだ。

蜘蛛《くも》の巣にからめとられた蝶《ちよう》の気分だった。東京から来た娘一人、この村では何もできやしないと分かっているから、佐久間の父親は滞在を許したのか。一度諦めて東京に帰らせれば、もう二度とこの村に来ることはないだろうと。

洋子は良美への手紙を書いた。この村に来てから何があったか。誰と会って、何を話したか。特に佐久間が飼っていた猫を見つけたくだりは力を入れて書いた。これを読めば、さすがに良美もただ事ではないと、東京で行動を起こすはずだ。

洋子はＧＨＱや警察の力を借りてでも、佐久間を見つけ出したいと思うようになっていた。この村の余所者に向ける排他的な態度は、いかんともし難く、自分のような娘ではとても太刀打ちできなかった。

もちろん佐久間が逮捕される可能性は否定できない。もし本当に仲間二人を殺していたとしたら。でも仮に逮捕されたとしても、好きな男の顔をもう一度だけでもこの目で見たかったのだ。

それは自分から姿を隠した佐久間に対する、洋子なりの復讐だったのかもしれない。

『時間の許す限りこの村に滞在しようと思います。もし何かありましたらご連絡いただければ幸いです』

そう書いて手紙を結んだ。この佐久間の実家の住所を記すことも忘れなかった。

「何を書いているんですか？」

婆やに見つかった。既に封緘《ふうかん》していたが、この婆やだったら封を開けて中を検《あらた》めることぐらい、平気ですするだろう。

婆やは目を細めて手紙に書かれた住所を見つめて、

「お友達？」

と訊いた。

「ええ、そうです」

「例のアカの仲間？」

そのずけずけとしたモノの言い方に少し腹立たしくなり、

「いいえ。彼女は仲間を抜けました。だから今はアカとは関係ない友達です」

と開き直った。

「ふうん」

と婆やは言った。手紙の内容には興味がないと言わんばかりのその態度が意外だった。

だが、どうせ何も知らないいんだから大した内容ではないに違いない、とタカをくっているんだろう、と考えると、また腹が立ってきた。事実だから尚更だった。

「郵便局に行ってきます」

と洋子は言った。最寄りの郵便局に行くだけでもバスを使わなければならなかった。だが、この村から外に行けるのだと思うと、開放的な気持ちになった。やはり、東京で生まれて東京で育った洋子は、閉鎖的な農村部の空気に息が詰まりそうになっていたのだ。GHQが日本にもたらした近代化の波は、この青森の山の中までは届いていない。

「そんなところいかんでよろしい。郵便屋が来た時に、私が預けとくから」

そう言って婆やは、洋子から手紙を取り上げた。

「返して！」

思わず声が大きくなった。確かに、大した手紙ではない。だが、それでもこれが東京の友人との唯一のつながりだ。この婆やに預けたら、何もかもすべて握りつぶされてしまう、と洋子は思った。

「返す？　手紙を出すんでしょう？　私は親切でやってあげてるんです」

「返してください！」

突き飛ばすようにして、洋子は手紙を婆やの手からむしり取った。

婆やは床にドスンと尻餅をついた。図らずもお年寄りに乱暴してしまったことで、洋子は思わず固まった。

婆やは鬼のような形相《ぎょうそう》で、

「何をする！」

と、まるで屋敷中に響きわたるほどの大声で怒鳴った。洋子は弾かれたように走り出した。靴をつっかけ、外に飛び出した。やはりここは自分のいるべきところじゃない、と思った。東京に帰りたかった。良美に会いたかった。嫌いだったはずの父の顔が脳裏を過《よぎ》った。あんな父でも、今はとても懐かしかった。

そして佐久間と過ごした日々が蘇《よみがえ》った。どうして佐久間は姿を現してくれないのだろう。どうして私を助けてくれないのだろう。

泣きながらあぜ道を走っていると、一人の女性に出くわした。志子だった。洋子のただならぬ様子に、志子は目を丸くした。

洋子は衝動的に、志子に手紙を手渡した。

「お願いです。投函《とうかん》してください」

志子は泣いている洋子を見つめてから、そっと自分の懐に良美への手紙を忍ばせた。

ちょうどその時、背後から婆やが、何人もの若い衆を引き連れてやって来た。婆やが命じれば、こういう若者たちが簡単に動くのか、と思うと、改めてこの村に畏怖する気持ちを抱いた。ここは日本でももちろん言葉も通じるが、別のルールで動く別の国のようだ。

「ああ、志子さん。良かった。捕まえてくれたんだな」

と婆やは言った。

「さあ、あんた。さっきの手紙をよこしなさい」

「落としました」

「落とした？」

「お婆さんが追いかけてくるから。走って逃げる時に」

そんなやりとりをしている最中にも洋子は、志子が、手紙は私が持っている、と言い出しやしまいかと気が気ではなかった。

しかし、意外にも志子は手紙のことを黙っていた。婆やに、

「あんたさん、なんか知ってませんか？」

と訊かれても、

「いいえ。今、ここでばったり会ったんです。何かあったんですか？」

ととぼけたほどだ。

「一人で郵便局に行くって言うのを止めただけだ。ほんとうにおかしな子だ。そんなことしなくても、私が郵便局の人に渡してやるって言っているのに」

「お婆さんは、どうして私を監視するんですか？」

遂に口に出してしまった。

婆やは顔色一つ変えずに答えた。

「あたしはただ、旦那様に指示されたことをやっているだけですよ。旦那様は、この村の連中が、あんたが持ち込んだ東京の空気に夢中にならないか心配してるんだ」

訳の分からないモノを持ち込むな、という郷田の言葉をまた思い出す。この村では、自分はどこまでも余所者であることを、否応なしに思い知らされた。

「まだ、佐久間さんの息子さんを探しているの？」

志子が洋子に訊いた。洋子は頷いた。

「しぶといのね。もうこの村に何日もいるんでしょう？　もしこの村のどこかにあなたの恋人が潜んでいるのなら、どうしてあなたに会いに来ないの？」

洋子自身が感じていた疑問を、ずばり突かれ、洋子は何も言えなくなった。

「今、いなくても、いずれ帰ってくるかもしれません」

「それまで気長に待つって言うの？」

婆やとお付きの若い衆がゲラゲラと笑った。志子だけは笑わなかった。

「手紙を探しますか？」

と若い衆の一人が婆やに言った。

「かまわん、かまわん。どうせ水田にでも落ちたんだ」

手紙そのものは別にどうでもいいのだろう。ただ、洋子に勝手な真似はさせないという圧力をかけるために騒いでいるに過ぎないのだ。

洋子は、婆やと若い衆に囲まれて、佐久間の実家へと戻った。その日はあてがわれた部屋の中で大人しくしていた。そして、とっさの行動とは言え、志子に手紙を渡してしまったことを後悔し始めた。

志子を信用していない訳ではない。だが自由に手紙を出せない以上、この村にいても仕方がないではないか。東京に戻り、猫のことを訴えれば、きっと然るべき人々が、この村に佐久間を捜しに乗り込んでくるはずだ。

その時、良美と有楽町で『子鹿物語』を観た帰りに、喫茶店で声をかけてきた笹田という記者を思い出した。この村に来る前は、彼に後を付けられやしまいかと不安だったが、今となっては彼しか頼れる者はいないような気がした。

もちろん不安はまだ残る。週刊Gなる雑誌の記者と称しているが、素直にそれを信用できはしない。前々から洋子を付け狙っていたふしも見受けられる。もしGHQと繋がっていたとしたら、彼にこの村のことを教えるのは自殺行為だ。

だが、他に打つ手がないのもまた事実だった。結果がどうなるにせよ、事態を先に進めるためには行動を起こさなければならない。

そもそも、佐久間がこの村出身であることは、秘密でも何でもないのだ。もし本気でGHQが佐久間を探しているのなら、洋子がこの村を訪れるとっくの昔にGHQが来ていてもいいはずだ。

良美は佐久間たちが下山事件にかかわっていると言っていたが、正直、佐久間に騙されていたのではないか。

佐久間が嘘をついていたとまでは言わない。しかし彼らは普段から革命を起こして日本を変えると息まいていたではないか。そういうところに惹かれたのも事実だが、下山事件の件も、その手の一種の誇大妄想ではなかったのか。

仲間の二人がなぜ殺されたのかは分からない。だが、下山事件やGHQを持ち出すまでもなく、ああいう活動をやっていれば身の危険の一つや二つあってもおかしくはない。

とにかく、ここまで来た以上、手ぶらで東京には戻れない。財布の中には、運良くあの時渡された笹田の名刺が残っていた。洋子は笹田に手紙を書いた。この村に来た経緯、そして佐久間が飼っていた猫を見つけたこと。

スパイであれ、純粋に特ダネを狙う記者であれ、彼が有能な人間ならば、この手紙を見逃すはずはない。

手紙の一件があって以来、心なしか婆やの監視の目が緩やかになったような気がする。

外を散歩する程度なら、つきまとわれることもなくなった。しかし、やはり村人たちの余所者を見るような目は不快だったので、あまり遠くまで出歩くようなことはしなかった。

それでも今なら郵便局へも行けると思って、笹田に宛てた手紙を持って、洋子はあぜ道を歩いた。バスの本数は限られているので行ける時に行っておかないと、次は何時になるかわからない。

すると、また志子に出くわした。

「よく会うわね」

と表情を変えずに彼女は言った。その冷たい表情を見ると、何故だかほっとした。

「今日は追いかけられてないの？」

洋子の背後を見て、そう言った。

「ええ、残念ですけど」

そう冗談を言うと、志子は微かに笑みを浮かべた。洋子も笑った。そして良美への手紙を志子に預けたことを思い出した。

「あの手紙のことですけど……」

「ああ、投函しておいたわよ」

洋子はその場で切手代を志子に支払い、何度も頭を下げて礼を言った。

「まさか、今日も手紙を出しに行こうって訳じゃないよね」

「そのまさかです。監視が緩くなったから、自分で行こうと」

「それ、あんまりいい考えじゃないわね」

「どうしてですか?」

「今から行って帰ってきたら夜になるわ。いくら今は監視が緩いったって、騒ぎになる。あなた、この村で一番の注目の的なんだから」

「そうでしょうか」

「そうよ。皆あなたの噂をしているわ。そんなあなたが突然いなくなったら大騒ぎよ。きっとまた四六時中見張られるようになるわ」

それは確かに厭だった。逡巡《しゅんじゅん》していると志子が洋子に、

「また私が出してあげましょうか?」

と言った。

「いいんですか?」

「ええ。明日も工場に出かけるから、私はぜんぜん構わないのよ」

せっかくの好意だ。洋子はありがたく頂戴《ちょうだい》することにした。洋子は志子に、切手代と週刊G宛の手紙を渡した。

宛先を見た志子の眉が、少しだけ動いたような気がしたが、それで慌てて言い訳をするのも不自然だと思って、結局何も言わなかった。

「工場で働いてらっしゃるんですか?」

「いいえ。工場って言ってももう操業していないの。ただ、針金が沢山あまっているから、それを売買する仕事をしているの。針金は箒《ほうき》を作るのに必要でしょう。だから高く売れるのよ」

洋子はこの村の住人は、全員が佐久間の父親と結託していると考えていた。だが佐久間の父親はGHQによってその土地の多くを奪われ、農民たちが共産主義に染まるのでは、と警戒しているのだ。冷静に考えれば、彼らの間に対立関係が存在していても不思議ではない。志子といい関係を築けば、この村での立場を有利なものにできるかもしれない。

「この村の人たちは、みんな冷たいと思っていました。ろくに話もしてくれないから」

「東京の人は珍しいから、どう接していいのか分からないだけよ」

洋子は、微笑んで、良かった、とつぶやいた。

「何が?」

「この間、志子さん、私のこと、しぶといのね、って言ったから、てっきり厭われたんだと思いました」

「あの人たちが、あなたのことを迷惑がっているようだったから調子を合わせただけよ。地主さんに逆らったら、この村でやっていくのは難しくなるから。ねえ、立ち話も何だから、私の家にこない？　もう、あのお婆さんはいないんでしょう？」

東京だったら、こういう時にどこかの喫茶店にでも行かないか、という話になるだろうが、この村ではそれも望めなかった。

志子の住まいは、そこからそう遠くない一軒家だった。ただ、他の村人たちのバラック然とした家に比べて、真新しい印象を受けた。外壁の木材も、まるで切り出したばかりのように真っ白だった。周囲に、他の民家はない。その家の佇まいが、志子が周囲の人々から孤立している象徴のように思えてならなかった。

家の中も、やはり外見と同じように小奇麗で、居心地は良さそうだった。仏壇に精悍《せいかん》な顔をした男性の遺影があった。志子の夫のものだった。

お茶を出してくれたので、それを飲んで一息ついた。ただそれだけのことなのに、この村に来て初めて緊張がほぐれた気がした。

志子は決して佐久間の家には心を許してはいないが、しかしこの村で生きていくために、厭々協力しているといったふうだった。

「私とこうしていることが、志子さんにとって不利にはならないんですか？」

志子は笑った。

「そんなことにはならないでしょ。だってあのお婆さんの代わりに、私があなたを監視してあげてるんだから」

そのユーモアのセンスに、洋子も笑った。

それから志子は自分のことを訥々《とつとつ》と語った。夫が戦死した当初は村の人々は夫を崇《あが》めてくれた。しかし戦争が終わるとそれもなくなり、いつしか後家さん、後家さん、と陰で言われるようになったという。

「そりゃ事実だから別にいいのよ。でもこのご時世、旦那を亡くした女なんて沢山いるのに、私だけが陰でコソコソ言われるの。だからあなたが来てくれて良かったわ。陰口の対象があなたに移ったから。できるだけ、長いことこの村にいて欲しいものね」

志子はずけずけとモノを言ったが、だからこそ本音で話していると分かった。

「どうして、皆、志子さんのことを酷く言うんですか?」

「村の男たちが、みんな後家の私を狙っていると思っているんでしょうね」

志子は若くて、この村で目にする女性たちの中で、圧倒的に垢抜《あかぬ》けていた。家も小奇麗だ。もしかして針金の売買などというビジネスをしていることも関係しているのかもしれない。一回り年上だが、しかし志子のような姉がいたら素敵だったろうな、と洋子は想像した。

「東京に来ればいいのに」

と洋子はぽつりとつぶやいた。

針金の仕事であちこち行くだろう。東京で活動すれば取引先も増えるはずだ。洋子はこの村に来てから散々厭な思いをしたが、洋子が来る前は志子が同じような目に遭っていたと思うと、同情した。

洋子は所詮、旅行で滞在しているだけだ。でも志子は違う。洋子がこの村を出て行った後、また志子が厭な思いをするのは可哀想だ。

「ううん。私はここでいいのよ。あの人の生まれ故郷だもの」

そう言って、志子は仏壇の遺影を見やった。志子の生き方に無神経に意見をしてしまったと思って、洋子は反省した。

それから志子と他愛もないお喋りに興じた。主に洋子の東京の話だった。良美の話もしたが、佐久間の話はしなかった。プロレタリア文学が好きなだけと言っても、アカはアカだ。志子はもちろん労働者側の人間だが、今は保身のために地主の佐久間側についているようにも思える。どうであれ、東京のあの喫茶店で語った、革命についての議論を志子とやるのはふさわしくないと思った。

「また、いつでも来ていいのよ」

楽しい時間を過ごした後、腰を上げた洋子に志子は言った。その志子の申し出が、洋子にはとてもありがたかった。だが彼女との時間を楽しいと感じれば感じるほど、自分はいったいこの村に何をしに来たのだろう、という思いに襲われた。

「一人で帰れる？　そこまで送って行こうか？」

と志子は言った。その申し出を、洋子は笑って拒否した。

「大丈夫です。もう子供じゃないんだから」

佐久間の実家への帰り道、洋子は一人の子供に出くわした。

じっとこちらを見ている。そんな視線は、この村に来てからいろんな村人から向けられたので今更気にしなかったが、洋子は立ち止まり、腰を屈めて、

「なあに？」

と訊いた。

その時、洋子は、その子供が、初めて村に来た時、何しに来たの？　と訊いてきた坊主頭の男の子であることに気付いた。

「あの人と何を話してたの？」

「あの人って志子さんのこと？」

「後家さん」

「そういう言い方、あんまりしない方がいいんだよ」

「だって皆そう言ってるよ！　ねえ、何を話してたの？」

「君はいろんなことを訊くんだね？」

そう言えば、あの時、この子が話しかけて来た時も、後ろの大人たちが促していたような気がする。誰かの差し金でスパイしに来たのだろうか。

「あの人と、あんまり仲良くしない方がいいよ」

「どうしてそういうことを言うの？」

すると男の子は、

「あの人、監視役だから」

と言った。

「監視役？」

その時、脳裏にあの志子の言葉が蘇った。

『あのお婆さんの代わりに、私があなたを監視してあげてるんだから』

もし、あの言葉が単なるユーモアではなかったとしたら？　そもそも、今まで散々婆やに監視されていたのに、急に自由に村を出歩けるようになるなんて、おかしくはないか。

ずっとあの婆やをつけていると、洋子も頑なになるだろうから、やり方を変えたのではないか。一度怪しむと、何から何まで疑わしく思える。洋子が手紙を出すために村を出ようとした時に、志子が現れ、洋子が自分で手紙を出しに行くことをとがめた。何故？　志子には関係のないことなのに。

今から戻って、手紙の内容に不備があったとか適当な理由をつけて、志子から手紙を取り返してこようかと思った。でもそんなことをしたら、志子を疑っていることが彼女に知れ、志子が本当に監視役の場合でも、そうでない場合でも、あまりいい結果にはならないと思った。

「どうして君はそのことを知ってるの？」

「皆、知ってるよ。余所の人が来ると、皆、いつもあの後家さんをあてがうんだ」

あてがう、というのはどういう意味だと訊こうと思ったが、この子も大人の言っていることをそのまま鵜呑《うの》みにしているだけだと思って、訊ねるのは止めておいた。

「君はどうして、それを私に教えてくれるの？」

すると男の子は、

「いなくなった人にはもう会えないから、早くこの村から帰った方がいいよ」

などと言った。そしてクルリと背中をこちらに向け、向こうに走り去ってしまった。

「いなくなった人って、佐久間さんの息子さん？　あの人がどうなったか知ってるの？」

洋子はその背中に呼びかけたが、男の子は一度も振り向くことなく姿を消した。


良美から返事が届いたのは翌日のことだった。

手紙の内容は、良美の近況報告だった。また誰か殺されるようなことも、佐久間が姿を現すこともなく、平穏な日々を送っているという。手紙は、

『猫がその村にいたのなら、間違いなく飼い主の佐久間さんもいるでしょう。頑張ってください』

という一文で締めくくられていた。それは完全な第三者的な意見で、もう良美は佐久間に未練などないのだな、と改めて思った。

だが第三者の良美でさえも、あの猫は佐久間がこの村にいる証拠だと考えているのだ。猫の存在は、今回の佐久間失踪事件の核心と言っても過言ではないだろう。

しかし問題は、良美からの返事がちゃんと届いたということだった。つまり、志子は手紙を投函してくれたのだ。もし志子が洋子の監視役だったら、投函する前に手紙の中身を検めるぐらいのことは平気でするだろう。それでも手紙を投函したということは、あの猫は佐久間失踪の手がかりではない、ということになりはしないか。

首輪にしても、やはり色が似ているだけの別のものなのだろうか。名前の刻印にしても、昔佐久間家で犬だか猫だかを飼っていて、その時の首輪をまったく別の三毛猫がしていた、というのは少し強引な推測だが、考えられなくもないのだ。

あの笹田宛の手紙はどうだろう？　内容は良美への手紙と大差はない。しかし、宛先は雑誌の編集部だ。大事になるかもしれないと、握りつぶされてしまうかもしれない。

もちろん、それらのすべては、志子が監視人だと決めつけた上での推論だ。あの子供が悪戯《いたずら》で嘘をついている、という可能性も当然あるのだ。

だが一日経ち、二日経っても、笹田からの返事が届くことはなかった。志子にちゃんと手紙を投函したか問い質そうと思ったが、失礼だと思って訊く勇気がなかった。

もともと笹田など胡散《うさん》臭い男だ。出会った当初などＧＨＱのスパイではないかと疑ったほどだ。週刊Ｇなど実在すら疑わしい。良美が返事をくれたのは友人だからだ。何の縁もない笹田から返事がこないだけで、志子を疑うのは少し早計かもしれない。

佐久間が猫を連れて、この村に戻ってきたのが事実だとしよう。だとしたら、佐久間は今のこの瞬間も、この村のどこかにいることになる。

もっとも考えられるのは、実家の屋敷に匿われている可能性だ。これだけ大きな屋敷だ。人一人匿うなど容易《たやす》いだろう。

佐久間は監禁に近い状態にあるのでは、と洋子は推測した。洋子がこの村に来たことは、村中の話題になっているのだ。もし佐久間が自由の身なら、その噂が耳に入らないのはおかしい。きっとすぐに自分に会いに来てくれるはず。

それは決して、自分は佐久間に必要とされているのだから、という洋子の少女らしい空想ではない。仮に姿を見せられない事情があるとしても、あるいは最悪、事情が変わって、もう洋子と会いたくないと思っていたとしても、何か佐久間がいる気配というものを感じても良いはずだ。

洋子が村に来た事実を佐久間が知らない理由は、彼が監禁状態にあるからではないか。あの父親にとっては、佐久間はアカに染まった親不孝な息子だ。農民を先導して、組合の運動を盛り上げるかもしれない。それどころか、下山事件にかかわっている可能性もある。一生閉じこめておけ、と考えても不思議ではない。

もしそうだとしたら、この屋敷の中にいるはず、と洋子は考えた。ざっと歩いてみた限り、この村の住人は志子を含めて、皆、慎ましい暮らしをしている。成人男性の一人を監禁するからには、それなりの堅牢《けんろう》な建物でなければならないだろう。だがどの家も、暴れれば壁に穴の一つや二つ簡単に開くと思わんばかりの佇まいだ。

それにやはり、佐久間が生存しているのなら、食事を運んだり、身の周りの世話をする者が必ず必要なはず。その者には絶対に佐久間家を裏切らない忠誠心が求められる。外部の人間より、この屋敷の使用人の誰かだと考える方が自然だ。

洋子は毎日、それとなく使用人たちの様子を窺った。すると一人、不審な行動を取っている使用人を見つけた。五郎《ごろう》という名前の、おそらく洋子と同い年ほどの青年だった。以前、屋敷の中でばったり出くわしたことがあるが、顔を真っ赤にさせて逃げるように去っていった。東京からやってきた洋子に萎縮しているようだった。

屋敷の庭には大きな土蔵があり、五郎は毎日その土蔵に出入りしていた。使用人たちは皆、与えられた自分の仕事をこなしている。監禁を連想させる場所に毎日出入りしている人間は五郎だけだった。

洋子は庭仕事をしている五郎に声をかけた。洋子に気付くと、五郎ははっとしたように顔を上げたが、しかしすぐに視線を地面に落とした。

「こんにちは」

五郎は答えなかった。無視をしているのは、ほかの村人たちのように部外者を警戒しているのではなく、単に女性と話すことに慣れていないからだと直感で分かった。ましてや、洋子のような都会の娘と話すのは生まれて初めてかもしれない。

「お仕事大変ね」

「へい」

などと五郎は答えた。幼い声だと思った。

それから何か言うのかと思ったが、五郎は黙りこくっている。

「無口なのね」

すると五郎は慌てたように、

「東京からきた嬢さんとは話さないようにって、旦那さんから言われてるもんで」

と言った。

「どうして？」

「どうしてって言われても」

「私が、忠彦さんを探しているから？」

核心をついた質問だったのか、五郎は答えなかった。

「ひょっとして、忠彦さん、帰ってきてるんじゃないの？」

五郎は答えない。

「あなた、毎日あの土蔵に行っているわね」

庭仕事をする五郎の手が一瞬止まったのを、洋子は見逃さなかった。

「あそこに、何があるの？」

「鍬《くわ》とか、鋤《すき》とか、そういうもんです。毎日の仕事で必要だから」

土蔵のことを持ち出した途端に饒舌になるのが、また怪しかった。

「お願い。知っていることがあるのなら、私に教えて。私、忠彦さんがどうなったか分からないまま、東京には帰れない」

「じゃあ、分かったら帰るんですか？」

その五郎の急な質問に、洋子は答えられなかった。

「ずっとここにいればいい。嬢さん一人の食い扶持《ぶち》ぐらいあります」

目を背けたまま五郎は言った。

素朴な田舎の若者ぐらい懐柔できるという思い上がりがあったのは否定できない。だが想像以上にこの村の結束力は堅く、洋子一人では簡単に崩せそうもなかった。

気が変わったら何か教えてと言い残して、洋子は五郎の元を去った。話しかけている時は目も合わさなかったくせに、背中に五郎の視線を感じるような気がした。

庭でうろついているあの猫を見かけたので、洋子は抱き上げて、そっと撫でた。

「あんたのご主人、どこにいるんだろうね？」

その洋子の問いかけに、猫はニャーと鳴いた。

洋子はネコを抱いたままそれとなく土蔵の周りをうろついたが、いつも南京錠がかかっていて、中を窺い知ることはできなかった。

洋子はいったん猫を地面に放した。猫はしばらく土蔵の周りをうろうろしていたが、やがてトコトコと敷地の外に出て行った。

洋子はこの村に来た時のことを思い出した。真っ先に洋子を出迎えたのが、この猫だったのだ。もしかして村の外に行こうとしているのだろうか、つまりそれは何を意味しているのだろう。

「あら、こんにちは」

また志子と出くわした。洋子が立ち止まると、猫も志子の周りをぐるぐると回り、道を進むことを止めてしまった。別に猫の行く場所に佐久間がいると本気で思っているわけではなかったが、何だか実験に水を差されたようでいい気持ちはしなかった。

そして何故、こうもタイミング良く志子が現れるのだろう、と思った。あの子供の言った、監視人という言葉が頭をかすめた。

「手紙のこと、ありがとうございました」

「いいのよ。いつでも言って」

「良美から返事が届きました」

「良美？」

「最初に送っていただいた手紙の相手です」

「そう、良かったわね」

「でも次の手紙の返事はなかなか来ません」

「週刊G宛の？　まあ、ああいうところは沢山手紙を受け取るだろうから、処理するのが大変なんでしょうね」

良美の名前は覚えていないのに、週刊Gの名前ははっきり覚えていることに、洋子は不信感を抱いた。

「どこに行くの？」

「猫がどこかに行きたそうにしているので、後を付けているんです」

佐久間のところに行くのでは、とはさすがに子供っぽくて言えなかった。

「あんまり、表を歩かせない方がいいんじゃないの？　佐久間さんの息子さんがいるっていう、たった一つの証拠でしょう？」

今の洋子には、その志子の忠告も、洋子をあちこち出歩かせないための方便にしか聞こえなかった。

「どうしたの？」

と志子は言った。洋子は感情が顔に出てしまう素直な女だった。先ほど五郎から話を聞き出せなかったのも、きっとそのせいだと思った。

洋子はあの子供のことを素直に志子に話した。隠し通してわだかまりが残るより、はっきりさせた方がいいと思ったのだ。ただ、さすがに外の人間にあてがう、というくだりは言うのがためらわれ、黙っていた。

洋子の話を聞いても、志子は驚いたり怒ったりするような素振りも見せず、

「ああ、あの子」

と平然とつぶやいた。

「前、話したでしょう？　私、村の女の人たちから嫌われてるって。あの子、そういう女性の子供よ。普段から私の悪口を聞かされているから、それをそのまま、あなたに言ったのよ。本人には直接言わずに、周りの人に言うの。それで私を村で孤立させる。そういう虐《いじ》めみたいなもの」

確かにそれはあり得る話だと思った。あのくらいの子供には、親の意見は絶対だろう。

「あの子、志子さんが私の監視役だって」

「監視役？　上手いこと言うわね。それも陰口でしょう。最近、あなたと仲がいいから」

「でも、どうして志子さんは、私なんかに良くしてくれるんですか？」

志子は洋子を見つめて、微笑んだ。

「どうしてだろうね。たぶん、自分を見ているようだと思ったからよ」

「志子さんを?」

「そうよ。独りぼっちで、誰からも顧みられない、可哀想な女の子だと思って」

志子はそんな想いを抱えてこの村で生きてきたのか、と思うと、洋子は胸が痛くなった。でも私は志子さんとは違う。独りじゃない。佐久間さんがいるから、と自分に言い聞かせる。

だからこそ、何としてでも佐久間を見つけださなければならない。

「あの子、いなくなった人にはもう会えないから、早くこの村から帰った方がいいよ、とも言いました」

「あなたが私と話していること自体が気に入らないんでしょう。だからどんな理由をつけてでも、この村から追い出そうとしたんじゃない?」

確かにそれは理屈だった。しかし、この村に足を踏み入れ、最初にあの子供に話しかけられた際は、周囲に大人たちが沢山いた。あの状況で子供が自分の意志で洋子に話しかけてくるとは考えられなかった。周囲の大人たち、多分親にけしかけられたのだろう。

しかし次に会った時は、周囲に大人たちはいなかった。もちろん自分の意志で言ったから、大人たちの意見とは違う、という理屈にはならないことは分かっている。しかし、あの子の意見は、とても真摯《しんし》なものとして洋子の胸に迫ってきた。

「やっぱりみんな、佐久間さんの居所を知っているんじゃないでしょうか」

「みんなって？　私は知らないわよ」

本当だろうか。

志子を疑いたくはない。だが、とにかく誰も彼もが怪しく思える。

思い切って洋子は、志子にあの土蔵の話をしてみた。

「食事を運んでいるのを見たの？」

「はっきりとは見てません。でも一度、五郎さんが何かを持って土蔵に入っていくのを見ました。重箱みたいなものかも」

重箱ねえ、と志子はつぶやいた。

「それだけじゃ何とも言えないわ」

「でも屋敷で佐久間さんを匿っているとしたら、必ず誰かが世話をしているはず。私、あのお屋敷でずっとお世話になっているから、どんな人がどんな仕事をしているか、大体分かってるんです。怪しい行動をしているのは五郎さんだけです」

志子は考え込むような素振りを見せた。

「本気でそう思っているの？」

洋子は頷いた。

「分かったわ」

と志子は言った。何が分かったのだろう、と洋子は志子を見返した。

「地主さんに話をつけてくるわ」

「お父さんに?」

「そうよ。私が言ったぐらいで佐久間さんの息子さんが出てくるとは限らないけど、でも、いるのかいないのか、死んでいるのか生きているのか、それだけでもはっきりさせないと、あなたが気の毒だもの」

はたして志子にそんな力があるのか不安だった。だが、志子の陰口をたたいている村人たちは組合を作って地主の佐久間と対立している。敵の敵は味方の理屈で、ある程度は親しい間柄なのかもしれない。

佐久間の母親と顔を合わせたことがあるが、夫の言うことに唯々諾々《いいだくだく》と従う線の細い女性という印象を受けた。あれ以来、佐久間の父親とは会ってはいないが、かなり暴君のように振る舞っているのではないか。

あの子供の、あてがう、という言葉を再び思い出す。志子は佐久間の父親とも一線を越えているのではないか。だからこそ彼に直接頼みごとができるのではないか。洋子は様々な想像をしたが、志子に失礼だと思って考えを打ち消した。

「だから、今日はあの家に戻った方がいいわ」

あの猫はトコトコと村の外へと続く道を歩いている。洋子は猫を追いかけて、そっと抱き上げた。猫は抵抗せず、されるがままだった。

洋子は志子と別れて、猫と共に佐久間の家に戻った。

遂に佐久間と会えるかもしれない、という期待に洋子は胸を膨らませた。だが同時に恐怖もあった。もし本当に佐久間が土蔵に監禁されていたとしても、彼の父親が息子を自由にする保証はないのだ。


洋子は、志子が佐久間家に直接出向いて、あの父親と直談判するのかと思った。でも何日待ってもそんな気配はなかった。洋子は猫を抱きながら、家の前の道に立って志子を待った。しかし彼女が現れる気配はなかった。いつも突然現れるのに、会いたい時に会えないなんて皮肉なものだと思った。

家は分かっているから、意を決して自分から会いに行った。だが志子は不在だった。

「志子さん、どこに行ったんだろうね」

と洋子は猫に言った。猫は、ニャーと鳴いた。

その時だ。

「後家さん、いないよ」

と、背後から聞いたことのある声がした。

振り向くと、あの男の子だった。

「そういう言い方しないほうがいい、って前に言ったよね?」

と洋子は注意をしたが、男の子はまるでどこ吹く風だった。

そして、

「探している人は土蔵にいないよ」

と言った。洋子は思わず息を飲んだ。

「誰が土蔵の話をしたの?」

「皆してるよ」

では既に志子が佐久間の父親に話をつけたのか。そこから噂が広まったのだろうか。

「土蔵の中には佐久間さんの息子さんはいなかったの?」

男の子は頷いた。洋子は絶望的な気持ちになった。

いや、少なくとも監禁という酷い状態ではなかったことが分かって、喜ぶべきか。

「ぼくの名前は?」

そう名前を尋ねた、次の瞬間だった。

「平太《へいた》！」

女性の甲高《かんだか》い怒鳴り声が聞こえた。そちらを見やると、まさに鬼の形相のような村人の女性がこちらに向かって走ってきた。

「その人と会ったら駄目だって言ったでしょう！」

女性は平太の手を強く引いた。平太は痛い！　痛い！　と泣き喚《わめ》きながら、文字通り引きずられるようにして連れて行かれた。

気付くと、いつの間にか村人たちが一人二人と現れて、遠巻きに洋子を見つめていた。洋子はネコを抱えて逃げるようにして佐久間の家に戻った。

今の出来事がショックでなかったと言ったら嘘になるが、平太は洋子に嘘を吹き込むために、親の差し金で現れたのではなさそうだった。土蔵に佐久間がいないということは、信用しても良さそうだった。

元からあの土蔵は、使用人の五郎の行動から怪しいと踏んだまでで、佐久間が監禁されているという証拠は何一つないのだ。だから振り出しに戻ったと言えるわけだが、それでは佐久間はいったいどこにいるのだろう？

この村に戻ったというのは佐久間の嘘だったのだろうか。この村はあくまでもカモフラージュで、どこか別のところに身を潜めているのだろうか。もしそうだとしたら、佐久間の居場所はまるで雲をつかむような話だった。

第三章

週刊Gの笹田が村を訪れたのは、洋子が半ば諦めて、東京に戻ろうと荷造りを始めた頃だった。

「やあ、こんにちは」

と笹田は言った。洋子は誇張でも何でもなく、救いの神が来たと思った。この閉鎖的な青森の村にあって、笹田は正に東京そのものだった。

「週刊誌の記者さんが、何の用ですか？」

笹田など、高圧的な佐久間の父親は受け入れないだろう、と考えた。だが意外にも、彼は笹田に対して紳士的な対応を見せた。笹田が大人の社会人だからだろうか。笹田を頼もしく思う反面、自分が子供扱いされているようで、あまりいい気持ちではなかった。

「あの日本刀は真剣ですか？」

笹田は、最初にここに連れて来られた時に洋子も感じた疑問を、佐久間の父親にぶつけた。

「ああ。代々伝わっとる。それがなにか？」

たのですが」
「いえ。ところでこちらの浜野洋子さんに、息子さん、忠彦さんが帰って来ていると聞い

「いいや。来ていません。こちらさんに何度もそう言っているのですが、聞き入れてくれませんのでね」

と佐久間の父親は洋子を迷惑そうな目で見た。

「それにしては、浜野さんがこの村に滞在する手助けをなさっているようですが?」

「そりゃ、この方は息子の東京のお友達ですからな。無下に追い返す訳にはいかんでしょう。いいですか。我々が息子を匿っているなど、とんだ言い掛かりです。もし匿っているとしたら、とっくにこのお嬢さんを東京に追い返していました。そうしないのが、後ろめたいことのない証拠です」

「なるほど、理に適っていますね」

などと笹田は言った。

海千山千だろう週刊誌の記者が、佐久間の父親の言うことをそのまま信じるとは思えない。しかしそれを言ったら、自分の方を信じてくれる保証もないのだ。

「しかし、このお嬢さんが東京から息子を捜しにこの村まで来るのは分からなくもない。分からないのはあんたさんです。記者さんが、どうしてうちの息子を捜しているんです

か？　あいつが何か事件に巻き込まれたって言うんですか？」

「はい。そう思います」

と笹田は言った。そして次に彼が言った言葉は、洋子にとって文字通り爆弾だった。

「私は忠彦さんがＧＨＱの工作員だったと考えています」

「え？」

と思わず洋子はつぶやいた。だがそんな洋子の反応など歯牙《しが》にもかけない様子で、笹田は佐久間の父親に語りかける。

「下山事件をご存じですか？　世間では共産主義者の犯行だともっぱらの噂です。下山総裁は国鉄職員の首切りを断行しようとしていましたからね。労働組合の中の過激な共産主義グループが下山総裁を殺したのだと。しかし私は違うと考えています。下山事件の直後に、三鷹事件、松川事件が起こりました。皆、鉄道に関係する事件です。言うまでもなく、戦争の際は物資の輸送が重要になります。鉄道はそのための重要な基盤です。ある種の実験、という可能性はないでしょうか。また去年起こった帝銀事件を覚えてらっしゃいますか？」

「ああ、東京の銀行で起こった毒殺事件でしょう？　こっちにも噂は聞こえてきましたよ。でも、あれは平沢っていう絵描きの仕業と断定されたと」

「確かに。でも、平沢の犯行を疑っている者も多いのです。犯行に使われた毒物一つ取ってみても、あまりにも不審な点が多すぎます。毒の成分も今もって判明していないし、731部隊や登戸研究所から流れたと言う者もいて、私もその可能性があるのではと思いますが、もしそうだとしたら、テンペラ画家の平沢がそんなものを入手できるとは到底思えないのです」

笹田は熱っぽく語っていたが、佐久間の父親が口元に手をやって欠伸《あくび》を隠していたのを、洋子は見逃さなかった。

「それで、あなたさんは何を言いたいんですか?」

「つまり帝銀事件も、戦争のために開発された毒物によって引き起こされた人体実験のようなものだったんじゃないでしょうか。しかし、下山事件にせよ、帝銀事件にせよ、戦時中はこんな奇っ怪な事件は起こらなかった。それなのに、敗戦後GHQの統治下におかれた途端に、雨後の竹の子のように続発したんです」

「つまりアメリカさんが引き起こした事件だと? まあ、あなたさんみたいな東京の人がおっしゃるならそうなんでしょう。息子がGHQの人間だから、それが私と関係あるとでも?」

「もし、息子さんを匿っているのなら、そうです」

「何を馬鹿なことを」

と佐久間の父親はつぶやいた。洋子もまったく同じ気持ちだった。洋子はここに佐久間がいると信じていた。だが佐久間がＧＨＱの人間だったなんて考えたくはない。

しかし同時に、もしそうだとしたら、笹田が洋子につきまとったり、洋子の呼びかけに応じて青森までやって来た理由も分かるのだった。

「私は下山総裁はＧＨＱによって殺されたと考えています。そもそも下山総裁が首切りを断行したのは、ＧＨＱの下部組織の運輸局に強制されたからです。なぜ、運輸局はそんなことを？　それは下山事件の罪を労働組合に擦《なす》り付け、共産主義者を一網打尽にするためです。そして息子さんもそれに一枚噛んでいる」

「ほう、そうですか。なら私も息子に感謝しなけりゃなりませんな。組合の奴らは権利権利とうるさいから」

そう言って佐久間の父親は厭らしく笑った。

「佐久間さんがＧＨＱのスパイだったという証拠はあるんですか？」

思わず洋子は二人の話に割って入った。初めて会った時には、胡散臭い以外のなにものでもなかった記者だが、今ではたった一人の自分の味方だ。その人懐っこそうな丸顔も心強く思える。ただし、佐久間がスパイだったという彼の主張は納得できない。

良美はあの二人の仲間はＧＨＱによって殺されて、自分も同じ目に遭うのを恐れた佐久間が実家のあるこの村に逃げたと言っていた。しかし笹田の今の話は、まるで正反対ではないか。

「僕は最初、ジャック・キャノン少佐を追っていたんだ。ＧＨＱの秘密諜報《ちようほう》機関の責任者だ。キャノン少佐は日本人の諜報員を何人か抱えていて、秘密工作の任務に当たらせていた。その諜報員の一人が、君が良く知っている佐久間忠彦だ。彼を調べると、共産主義者の集まりに足繁く通っているという。すぐにピンときたよ。彼は共産主義者じゃない。末端の共産主義者たちを偵察し、情報をキャノン少佐に流すスパイだ。僕は佐久間忠彦を探った。そして浜野組の社長の娘の、君の存在を知ったんだ」

「じゃあ、佐久間さんがこの村に逃げてきたっていうのは――」

笹田は頷いた。

「共産主義者からの報復を恐れたからだ。もしかしたら、君らの仲間の二人を殺したのは、キャノン少佐の配下の人間かもしれないな。忠彦が自分で殺したにしては手際が良すぎる。恐らく、二人は忠彦の正体を知ってしまったんだろう。浜野さん。君は彼に騙されていたんだ」

信じたくなかった。

喫茶店や佐久間のアパートで仲間と過ごした楽しい日々は、誰も見ていない夜道での口づけは、すべて偽りだったというのだろうか？

「佐久間さんも、銃砲等所持禁止令をご存じでしょう。要するに刀狩りです。ＧＨＱによって刀剣の類いはすべて没収されているはずです。もちろんそれを恐れて隠し持っている者は大勢いると思いますが、あなたの場合は、ああやってこれ見よがしに飾られている。それこそが、あなたがＧＨＱのお目こぼしにあずかっている証拠ではないですか？」

「ところで記者さん。今日はどちらにお泊まりか？」

佐久間の父親は唐突に言った。まるで話を断ち切るかのようだった。

「宿を取りますよ」

「駅まで戻るのは面倒でしょう？」

「いや、別に一時間ほどバスに揺られるだけですから」

「お客さんをそんな狭くて汚いところに泊めさせる訳にはいかない。どうです？　世話をする家を紹介しますが。女一人の家ですが、気にすることはない。後家ですから」

洋子は息を飲んだ。志子のことを言っているのだ。

「止めて！」

思わず隣に座る笹田の腕をつかんだ。佐久間の父親は、笹田に志子をあてがうつもりなのだ。笹田の弱みを握り、余計な記事を書くなと脅迫するためだろう。

笹田は驚いたように洋子を見たが、すぐに真剣な顔つきになり、頷いた。

「結構です。宿に泊まりますから」

さすがに佐久間の父親は、むっとした顔になった。

「人の好意は素直に受けた方がいいと思うがねえ」

と一人つぶやくように言ったが、それ以上は強く出なかった。

「志子さんに土蔵のことは聞かれましたか？」

と洋子は佐久間の父親に訊いた。

「土蔵？　何も聞いてないぞ」

洋子は軽い絶望に襲われた。訊いてくれると言っていたのに。

「何？　その土蔵ってのは」

笹田が洋子に訊いた。手紙には土蔵のことは書かなかったのだ。洋子が説明すると、笹田はすぐに佐久間の父親に言った。

「その土蔵の中を見せてもらうことはできませんか？」

「言っておくが土蔵の管理は使用人の仕事だ。俺は知らん」

「なら別に見せてもらうのは構わないでしょう？」

佐久間の父親は厭そうな顔をしたが、ここで拒否すると余計に疑われるだけだと思ったのか、渋々土蔵の中を二人に見せると約束した。

しかし洋子は単純に喜べなかった。もし土蔵に佐久間が匿われているのなら簡単に中を見せるはずがないからだ。

そのまま三人は外に出た。佐久間の父親は五郎に、土蔵の鍵を開けろと命じた。五郎も、さすがに主人の言うことには逆らうことなく、びくびくと萎縮した様子を見せながら、土蔵を開けた。果たして中には誰もいなかった。農作業の道具や、葛籠《つづら》などが積み重なっていて、どれもうっすら埃を被っている。僅《わず》かな道具以外は、ほとんど人の手が触れていないのだろう。

「どこに息子がいるんだ？」

と佐久間の父親が言った。笹田も訝しげに洋子を見やった。

洋子は唇を嚙みしめた。そして悔しさのあまりに言った。

「逃がしたのかもしれない」

笹田に言ったのだが、答えたのは佐久間の父親だった。

「おかしなことを言っちゃいけない。俺はここに息子がいるかもしれないって、さっきあんたに言われて知ったんだ。その足でここに来た。逃がすことなんかできるか？」

「笹田さんが来ることが分かったから、会う前に慌てて逃がしたんです！」

「来ることが分かった、だと？　この記者さんとあんたがいきなり押し掛けて、今まで話をしていたんじゃないか！」

この村は排他的だ。余所者と見ると行動を監視する。笹田だって、ここに来る前に何人もの村人に目撃されただろう。そのうちの誰かが佐久間の父親に連絡したのだ。

だが洋子はその考えを上手く口にできなかった。どんなに理路整然と話しても、のらりくらりと言いくるめられるに決まっている。

しかし、洋子は諦めきれなかった。五郎がこの土蔵の中に、重箱のようなものを持ち込んだのは事実なのだ。あれは食事ではないのか。悔し紛れに洋子はそこらの葛籠に手をかけて、開けた。反物《たんもの》のようなものが入っていた。

「何だ？　その中に息子が隠れているとでも？」

その佐久間の父親の言葉に、背後に控えている若い衆がゲラゲラと笑った。つられたのか五郎までも。笹田は笑わずに、じっと洋子を見つめていた。その視線が辛かった。

洋子は葛籠の蓋を閉めた。手にべっとりと埃がついた。

土蔵の中を眺め回す。すると周囲とは様子が違う一画が目に入った。他は雑然としているが、土蔵のちょうど中央辺りは、奇麗に整理整頓されている印象を受ける。

洋子はゆっくりとそちらに近付いていった。

「そこは違う。何でもないんです」

と背後から五郎が、やや唐突に言った。その言葉に背中を押されたように、洋子は早足で土蔵の中央に向かった。

一目で様子の違いが分かった。その一帯だけ奇麗に掃除されていたのだ。洋子はそこにあった、埃の積もっていない奇麗な葛籠を開けようとした。手を触れた瞬間、葛籠はぐらりと揺れた。あまりにも軽かった。中に何も入っていないのだ。

「どうした？」

笹田がやって来た。

「この葛籠、様子が変なんです」

勝手なことをするな、と佐久間の父親に注意されると思ったが、さっきまでの笑い声が嘘のように土蔵の中は静まりかえっていた。

笹田が葛籠に触れた。そして洋子を見て頷き、葛籠を一気に持ち上げた。そこには、ほぼ正方形の上げ蓋のような扉があった。笹田は葛籠を適当な場所に置き、洋子を見やってから、おもむろに上げ蓋を開けた。異臭が鼻をつき、笹田が顔をゆがめた。

洋子は顔をゆがめる余裕もなかった。ただ最悪の結果になったことだけは、朧気ながらに理解した。

上げ蓋の下にはもう一枚の引き戸の扉があった。笹田はそれをゆっくりと引いた。ううっ、と二人の背後で成り行きを見守っている者たちが、うめき声を上げた。笹田は一度は顔を背けたが、ハンカチで顔を覆いながら、扉の中に首を突っ込んだ。

「誰か、倒れている。多分、亡くなっているだろう」

と笹田が言った。

洋子は全身の力が抜けて、思わずその場にへたり込んだ。

「佐久間さん？」

と笹田に訊いた。笹田は佐久間を追っていたと言うから、顔を知っているはずだ。自分で覗き込む勇気はとてもなかった。

「ここからじゃはっきり見えない。ただ以前見かけた時と同じような服装をしているな。体格も似ている。とにかく警察を呼ばないと」

笹田は振り返って、佐久間の父親を見やった。彼らは皆その場に立ち尽くして、何も言葉を発しようとはしなかった。

「聞こえたでしょう？　警察を呼んでください。ここで人が死んでいます」

「俺は知らん！」

と佐久間の父親が言った。洋子は憤慨した。自分の息子が死んでいるのかもしれないのだ。息子を心配するより、保身の方が大事なのだろうか。

「あなたを責めてるんじゃない。私は記事を書くだけです。捜査は警察がすることです」

土蔵から死体が出たことで、村は蜂の巣をつついたような大騒ぎになった。

死体は警察によって村で唯一の医院に運び込まれ、検視が行われた。後頭部に裂傷が見られ、死因もそのせいだろうとほぼ断定された。また死体は配給手帳を身につけており、それにより死体はこの家の長男、つまり洋子が探していた佐久間であると見られた。

佐久間の父親、並びに母親も、死体は息子の忠彦であると断言した。だが念のためと警察は洋子にも身元確認を求めた。佐久間は何年も前に家を出て東京で暮らしており、最近の佐久間と親しくしていたのは洋子だけだったからだ。

死体と面会し、洋子は泣き崩れた。

「佐久間さんです」

と言った。正直、まじまじと見る勇気はなかった。だが、遺体は確かに生前の佐久間の雰囲気を醸《かも》し出していた。何よりも、洋子はこの村での自分の宙ぶらりんの立場に決着をつけたかった。そのためには佐久間を見つけるしかなかった。たとえ生きていても死んでいても。

やっと見つかったのだ。これが仮に佐久間でなかったら、いったい誰なのだろう?

そう思った。

佐久間の父親は息子があんな場所に潜んでいたなんて知らなかった、という主張を崩さなかった。忠彦はアカに染まり、勘当同然に東京に出て行った。実家に逃げ戻ったとしても、両親に一度も顔を見せなくとも不思議ではない。自分は土蔵になど滅多に足を踏み入れないし、息子に協力する使用人はいくらでもいるのだから——その父親の説明に、警察は納得したかのように見えた。

問題は佐久間忠彦の死因だった。最初は、警察も彼の仲間が二人、東京で殺されたことに注目していた。笹田は佐久間がGHQのスパイであるという自説を主張したが、ほとんど聞き入れられることはなかった。警察は具体的な証拠がなければ動かないからか、あるいはGHQを疑うという発想が最初っからないからか。

洋子は、今までGHQが佐久間を狙っていたと考えていた。GHQならば地の果てへでもどこへでも佐久間を追いかけて殺すだろう。しかし笹田の言う通り、佐久間がGHQのスパイだとしたら、そこまでして彼を殺す者などいるはずがないのだ。二人の仲間を殺したGHQと、佐久間はグルなのだから。

佐久間が本当にGHQのスパイか否かはひとまず置くとしても、人心掌握に長けた人間であったことは事実だろう。だからこそ、洋子たちがいたグループのリーダーになれたのだ。佐久間家の使用人、そしてこの村の農民たちの中にも、佐久間の信奉者は沢山いた。当時から佐久間は、彼等に共産主義の思想を教えていたという。その事実は笹田にも意外だったようで、彼は熱心にメモを取っていた。

とにかく資本家の自分の父親に対して、この村の労働者たちを佐久間が煽動《せんどう》したのは事実のようだった。勘当されてもやむを得ないかもしれない、と洋子は思った。

村に戻ってきた佐久間は、ＧＨＱに狙われているので自分を匿ってくれと頼んだそうだ。佐久間の父親が言っていた通り、彼が土蔵に足を踏み入れることはほとんどないので、そこは格好の隠れ場所になったと言う。

「複数の人間が佐久間さんを匿っていたんですね?」

と笹田が訊いた。その場にいた村の者たちが、一斉に頷いた。

「なら、あんな不衛生な土蔵ではなく、あなた方の家に匿えば良かったじゃないですか。仮にもあなた方の指導者でしょう」

指導者というのはさすがに皮肉だと思ったが、この村の人々には効いたようだった。

「いや、皆家族がいるから。あの人を見られでもしたら、噂が広まっちまう」

「女性が一人暮らしをしている家が一軒あるんでしょう?」

志子のことだった。志子はいい人だが、彼女が佐久間にあてがわれたら、と思うとやはりいい気持ちはしなかった。

「いや、後家さんは、その」

笹田と話している男が、言いづらそうに口調を濁《にご》した。

「彼のお父さんの仲間だからですか？」

思わず洋子は訊いた。彼は周囲を窺うような素振りを見せてから、しぶしぶといったふうに頷いた。

「でも、どうしてあんなことに？　彼を持て余したんですか？　それで殺してしまった」

「違う！　あれは事故だったんだ！　誰もあの人を殺しちゃいない！」

「じゃあ、どういう状況だったんですか？」

「それが、その、五郎が――」

五郎は皆の一番後ろで、何も言えずに小さくなっていた。

「あんたさんがこの村に来たことを、あの人に話してしまったんです。それで、あんたさんに会うために土蔵から出ようとして――でも、夜ならともかく真っ昼間だったんですよ。あの人を匿っていたことが地主さんにばれたら、私らだってただじゃ済まない。五郎には、勝手にあの人を外に出すな、と言い諭していたから、それを守っただけなんです。

梯子《はしご》を登って外に出ようとしたから、止めようとした五郎ともみ合いになって、それで足を滑らして頭から下に落ちて――」

その話を、洋子は呆然と聞いていた。

「じゃあ、佐久間さんは私と会おうとして、死んだんですか?」

男は洋子に頷く代わりに、言葉を続けた。

「俺の婚約者だって。大切な人だから、どうしても会わなきゃいけないって――」

洋子はその男の言葉を聞くと同時に泣き崩れた。

それでは佐久間は、自分がこの村を訪れたから死んでしまったのだ。佐久間が本当にGHQのスパイだったか否かは分からない。でもそんなことはどうでもいいのだ。自分だって真剣に共産主義の活動をしていたとはとても言えないのだから。政治信条のことなど、どうだって良かったのだ。

「確かに、その話と遺体の状態は合致しますね」

と警察の関係者が言った。

「五郎は罪になるんでしょうか」

と佐久間の父親が訊いた。

「話を聞くと事故のようですから情状酌量の余地はあると思いますが、ある程度の罪に問われるのは免れないでしょう」

その言葉を聞いた佐久間の父親は、

「ばかたれが」

とつぶやき、声を上げながら泣いた。あのおとなしかった佐久間の母親など、床の上でのたうち回るように泣いていた。二人の急変に、さすがの洋子も呆気にとられた。こんなにみっともなく泣くぐらいだったら、どうして勘当なんかしたんだろう。

洋子はぼんやりと父を思い出した。あの粗暴な父親も、私が死んだら、こんなふうに無《ぶ》様《ざま》に泣くのだろうかと考えた。

洋子も笹田も、警察に事情を訊かれた。笹田の場合は、佐久間の仲間が二人殺されていることもあって、取材のために訪れたという説明にも、警察は納得したようだった。

問題は洋子だった。警察は、停学になったものの、まだ高校生の年頃の洋子が、こんな村でいったい何をしているのか説明を求めた。正直に話したが、警察は洋子を疑った。

「二週間もこの屋敷で暮らしていたのに、土蔵にこちらの息子さんがいたことに気付かなかったと?」

それは違う。ちゃんと気付いたのだ。ただ二週間かかったというだけで。洋子はそれを警察に訴えようと思ったが、上手く説明ができなかった。

「あなたも知ってたんじゃないのか？　土蔵で息子さんが死んでいることを」

「違います！」

まるで犯人扱いされているようで理不尽だった。恋人が死んだというだけで悲しいのに、こんな仕打ちを受ける謂《いわ》れはない。

「いや、刑事さん。この人は関係ない」

助け船を出したのは、意外にも佐久間の父親だった。

「土蔵には鍵がかかっていて、五郎が管理していたんです。この人は今日初めてこの土蔵に入ったんです。この人が息子をどうこうできる筈はないですよ」

その説明に刑事は完全には納得していなかったようだが、しかし地主の言うことだから信用されたのか、それ以上洋子を追及することはなかった。

ただ未成年ということで、東京での住所を尋ねられた。今回のことは父親に連絡が行くだろう。もう家に帰らざるを得ない。

ここが自分の居場所になると思った。でも、その望みも絶たれた。

青森にも、東京にも、自分の居場所はどこにもないのだ。

五郎をはじめとした何人かの若い衆は、事情聴取のために警察に連れて行かれた。佐久間の屋敷はまるで嵐が過ぎ去った後のように静かになった。

ふと笹田を見やった。この人はどうするつもりだろう、と考えた。彼だって、佐久間が死んで途方に暮れているに違いないのだ。

目が合うと、笹田は言った。

「君はこの結末に納得しているのか？」

「納得するも何もないです。こういう結果になってしまったんだから、仕方がないです」

「事故で死んだなんて言っているけど、本当だと思うか？」

「私には、分かりません」

「佐久間がＧＨＱのスパイだと知ったこの村の組合の連中に殺されたんじゃないか？　今度は自分たちをスパイしに来たと思われて。あるいは……」

洋子にはもうどうでも良かった。もしそうだとしたら、自分のせいで佐久間が死んだ訳ではなく、罪悪感も薄れる。しかし同時に、自分とはまったく無関係に佐久間が死んだのだと思うと、どこか寂しい気持ちになるのも事実だった。

その時だ。

「佐久間さんの息子さん、見つかったのね」

という声が背後から聞こえた。振り返ると、そこには志子がいた。

「騒ぎになっていたけど、あんまり人が集まるとこに顔を出したくなかったから」

洋子は笹田に、志子を紹介した。笹田は無遠慮に、

「ああ、佐久間さんのお父さんが紹介しようとした人ですか」

などと言うので洋子はあたふたしてしまった。だが志子は素知らぬ顔で、

「この村に滞在するのでしたら家を提供したんですけど。もうお帰りになるようですね」

などと言った。

「誰も帰るとは言っていませんよ」

「まだ、いるおつもりなんですか？」

志子は驚いたように言った。

「少なくとも、事件に決着がつくまでこの村に留まりたい」

「この家の使用人ともみ合って落ちたと聞きましたけど」

「そうかもしれないし、そうでないかもしれない。どんな事件だって、いろいろな見方ができますからね」

「まあ、たのもしい」

と志子は笑った。笹田のことを軽くあしらっているふうでもあった。

洋子は、喉《のど》に引っかかった小骨のように気になっていた疑問を、この機会に志子に訊いてみることにした。

「佐久間さんのお父さんに、土蔵が怪しいって話してくれなかったんですか?」

「なあに?」

「ああ、ごめんなさい。ちょっと会う機会がなくて」

確かに志子は人目を気にしているふしがあるから、そう簡単にこの家に顔を出せなかったただろう。今は人が引いたから、洋子たちに声をかけたのだ。

しかし釈然としなかった。この違和感の正体を突き止めようと、洋子は記憶を辿り、すぐに初めて志子と会った時のことを思い出した。

あの時、この村の人々は、まるで物珍しい生き物を見るかのように、洋子の周りを取り囲んだ。その人混みを縫うようにして、志子が現れ、洋子に話しかけたのだ。人が集まる場所が苦手だったら、どうしてあの時、あんなところにいたのだろう。

その時、洋子は志子の後ろから、こちらをのぞき込んでいる男の子に気付いた。あの母親に平太と呼ばれていた少年だった。

志子も洋子の視線に気付いて振り返った。そして平太に気付くと、ぎょっとしたように身体を硬直させた。

「あの、志子さん」

洋子はゆっくりと平太に近付いた。

「私の周りをうろうろすると、またお母さんに叱られるわよ」

平太は志子と洋子を交互に見やっていた。何か言いたそうだった。

「どうしたの？」

「探している人は、あの土蔵にいないよ」

「ううん、いたのよ。でも死んじゃってた」

「違うよ。分かってないなあ。最初っからいなかったの！」

「最初っからいなかったなんて、そんな——」

その時、洋子は思い出した。

平太は以前も、同じことを洋子に言った。その時この少年は、皆もそう言っている、と話していた。洋子は、志子が佐久間の父親に話し、そこから皆にその話が広まったのだろう、と単純に考えた。

しかし志子は、佐久間の父親に土蔵の話をしていないのだ。それなのに、どうして土蔵の話が村中に広まるのだろう。まるで洋子が土蔵を疑う前から、皆で土蔵の話をしていたかのようだ。

「ちょっと、あんた」

志子が平太に言った。

「お母さんが私の悪口を言っていたの？　それならお母さんにこう伝えて。大人の話にクビを突っ込ませないように、子供をちゃんとしつけておけって」

平太は洋子に、

「後家っ！」

と大声で、冷やかすように言って向こうに走り去ってしまった。

志子は、大きくため息をついた。

「洋子さんが物珍しいんでしょう。あの子、東京の人なんて見たことないだろうから」

などと彼女は言った。洋子はその志子の言葉に、そうなんですね、などと相づちを打ちながらも、平太はいったい自分に何を伝えようというのだろう、と考えていた。

「それで、私を泊めてくれるという話はどうなったんですか？　もちろん謝礼はお支払いします」

洋子は、志子へのその笹田の言葉に、正直驚いた。佐久間の父親には村の外の宿に泊まると言っていたではないか。

「本気ですか？」

と志子は訊いた。

「もちろん」

志子は笹田を暫く見つめた後、

「お断りします。もう佐久間さんの息子さんは見つかったんでしょう？　それなのに東京の記者さんがいつまでもこの村にいたら、皆に不信感を抱かせます。お願いします。もう帰ってください」

もちろん志子は笹田に言っているのだ。しかし同時に、自分が言われている気がしてならなかった。

佐久間に会うためにこの村に来た。しかし佐久間は死んでいた。自分の目的は、もう終わったのだ。

現実問題としても、帰らざるを得ないだろう。もう父親には居場所がバレてしまった。この村に留まっていたって、連れ戻されるに決まっている。父が直接来るのか、それとも部下が来るのかは分からないが。

「洋子さん」

と志子が言った。

「短い間だけど、あなたみたいな若い都会の人と話せて楽しかったわ。さようなら。あなたの大切な人は残念な結果になってしまったけど、きっとまた誰かいい人が見つかるわ」

その志子の言葉に、洋子は、

「は、はい」

と頷いてしまった。この村から出て行くという言質を取られたことに気付いたが、もうどうしようもなかった。

家に帰ったら、きっと父にはり倒されるだろう。それくらいは別にいいのだ。でもこのまま東京に戻っても、結局自分の居場所は見つからないままだ。

「君は帰れ」

志子が立ち去った後、笹田がそう言った。

「あなたは？」

「もう少し、ここにとどまる。捜査の進展も気になるし、それだけじゃなく、ここは明らかにおかしい」

「おかしいって？」

「君は二週間ここに滞在したんだろう？　それなのに、佐久間の息子を見つけ出せなかった。ところが僕がこの村に来たその日にこの騒ぎだ」

洋子は少し、むっとした。

「あなたの方が有能だって言いたいの？」

「違う。この村の連中は、佐久間忠彦があの土蔵に潜んでいることを君にはひた隠しに隠していた。その警戒を、僕が来た途端に解いたって感じがするんだ。だから忠彦はすぐに発見された」

「どういうこと?」

「要するに、忠彦を発見するのは君一人じゃ駄目だったんだ」

そう言えば、と洋子は思う。土蔵に皆で踏み込んだ時、佐久間の父親は必死で中を探している洋子を嘲《あざけ》るようなことを言った。ところが、埃の積もっていない奇麗な葛籠を見つけると、皆一斉に黙り込んだ。まるで息を飲んで事態を見守っている様子だった。

佐久間の父親は、あの場所で自分の息子が死んでいることを、すでに知っていたのではないだろうか。

「でも、どうして?」

「僕が雑誌の記者だからじゃないかな。佐久間の父親は息子が死んだことを、世間に広めたかったんだ。いったい何の意図があるのか、もう少し彼と話して知る必要がある」

「私も」

その洋子の次の言葉を、笹田はふさいだ。

「とにかく君は帰った方がいい。進展があってもなくても、結果は君に教えるから」

笹田が駅まで送ってくれることになった。洋子は帰り支度をし、一応、今まで世話になった礼を婆やに言った。婆やは今までの冷たい態度が嘘のように愛想が良かった。

「あんたも一緒に来る?」

あの三毛猫に、洋子は訊いた。猫は、ニャーと鳴く。それが肯定の返事だと、洋子は勝手に解釈した。

抱え上げても、猫は逃げたり厭がったりする素振りを見せなかった。佐久間とはもう会えないけど、その代わりにこの猫と出会えた。それだけでもここに来た甲斐《かい》があったと思うことにした。

猫を抱えながら、洋子は笹田と大湊駅に向かうバスに乗り込んだ。揺れる車中で、笹田とはほとんど喋らなかった。ただ洋子は猫を撫でながら、車窓から緑の木々の風景を見つめていた。

木材を積んだ森林鉄道の機関車が、バスとは反対方向に走ってゆく。青空の雲も、眼下に望む清流も、まるであの村に向かって流れていくように見える。脳裏には土蔵の中で発見した死体の光景が焼き付いている。警察には佐久間だと答えたものの、恐ろしくて、まともに直視はできなかった。あれは本当に佐久間のものだったのだろうか。洋子はぼんやりと、東京で雑踏の中、その背中を追いかけた佐久間らしい男を思い出していた。マスターは少し似た別人だろう、などと言っていたが——。

バスが大湊駅に着くと、

「その猫は籠《かご》に入れた方がいいな」

と笹田は言った。確かにこれから丸一日かけての汽車の旅だ。ずっとこうして抱きかかえている訳にもいかない。

駅近くの雑貨屋で、猫が入るくらいのちょうどいいサイズの金属製の籠が売っていたので、それを買った。店主に訊くと畑を荒らす獣を捕まえる、小動物捕獲器だという。あまりいい気持ちはしなかったが、背に腹は替えられない。

笹田が籠を地面に置き、蓋を開けた。

「さあ」

と笹田が手を伸ばした。猫を受け渡そうとした次の瞬間、猫が笹田の手をかすめて、向こうに走っていってしまった。

「待って！」

洋子は反射的に走り出した。佐久間はあの村にいた。ならこの猫も、佐久間が飼っていた猫に違いない。つまり佐久間の形見だ。こんな結果になってしまったからこそ、どうしてもあの猫を東京に連れて帰りたい。

いきなり飛び出した洋子を車のクラクションが襲った。洋子は慌てて車を避けた。そんなことをしているうちに、どんどん猫との距離は広がってゆく。洋子は半ば追いかけるのを諦めかけた。しかし突然猫は走るのを止めたので、ようやく追いつくことができた。

洋子は猫を抱きかかえ、

「駄目じゃないの！」

と思わず言った。

「大丈夫か」

と息を切らせながら、笹田もこちらに走り寄ってきた。

二人はその場で、籠の中に猫を入れた。そして駅の方に戻ろうと立ち上がった時、気付いた。自分たちは大きな廃工場の前にいるということに。

壁はすすけ、トタンがはがれ落ち、もう操業していないということは一目で分かった。まるでこの工場自体が巨大な生き物の死体のようにも思えて、洋子は禍々《まがまが》しいものを感じずにはいられなかった。

「どうした？」

笹田が訊いた。

「志子さんがこの工場に通っているって言ってた」

「あの、後家って呼ばれてた女性か？」

洋子は頷き、工場の中に入っていった。金属が焼け焦げたような異臭が全身を取り巻いた。もう動いていない機械は、腐敗した内臓のようにも思えた。

工場の片隅に得体の知れない物体が転がっていた。洋子の身体より遥《はる》かに大きなそれは、まるで真っ黒いマリモのようでもあった。

近付くと、それは針金だった。真っ黒に焦げた無数の針金が絡まり合っているのだった。飛び出ている針金の先端を、洋子は指先で押してみた。針金は最初こそしなやかに曲がる素振りを見せたが、しかしそのままポキリと折れてしまった。

「危ないぞ。指を切るかもしれない」

その笹田の言葉も、今は耳に入らなかった。

「志子さん、この針金を売買して生計を立ててるって。箒を作るのに必要だから」

笹田は眉をひそめながら、針金の固まりをまじまじと見つめた。

その時だ。

「あんたら、何してるんだ?」

背後から聞こえてきた声に振り向くと、そこには一人の男が立っていた。

「子供らには勝手に入って遊ぶなって言ってあるんだが、あんたらみたいな大人まで勝手なことをしてもらっちゃ困る」

「この工場の責任者の方ですか」

すかさず笹田が話しかけた。

「責任者っていうか、管理をまかされてるもんだ。ようやく保険がおりる算段がついたから、つぶして新しい工場を建てるんだよ」

「ここの機材は?」

「ああ、もう使い物にならないからスクラップさ」

「あそこの針金は?」

「針金?」

男はまるで、そこにそんなものがあることに今初めて気付いたような声を出した。

「あれがどうしたって?」

「あの針金も処分するんですか?」

「当たり前だろ。あ! さてはあんたらも噂を聞きつけて来たんだな。でも随分と遅かったな」

「何がです?」

「ここで火事が起こった時、泥棒が入ったんだよ。火事場荒らしって奴だ。でも、見ての通り全滅だ。いい針金は高く売れるが、あんな真っ黒焦げの誰が買うかい。それでも望みを託してか、何度かこそ泥が忍び込んだことはあるが、最近はとんとご無沙汰だった。悪いけど、盗むものなんて何にもねえよ」

そう言って男はカラカラと笑った。

「この針金を売り買いしている女性がいると聞いたんですが、そんな事実はないということですね？」

「ないない。なんかの間違いだろ」

洋子は笹田と顔を見合わせた。

確かに洋子は志子を何度か疑った。決定的に疑わしいという証拠は何もなかったが、まさか最後の日にこんな証言を得られるなんて。

志子は頻繁《ひんぱん》に村を出入りしていた。その理由を知られたくないから、針金の売買のためなどという嘘をついたのだ。志子もまさか洋子が裏を取るなどとは思ってもみなかっただろう。

男に礼を言って工場を後にした。笹田は無言で、何かを考え込んでいるようだった。思い切って、洋子は言った。

「笹田さん。私、村に戻ります。志子さんと話をしなきゃ」

「僕はどうせ村に戻るつもりだったからいいけど、早く帰らないとお父さんが心配するんじゃないか」

「二週間も家出していたんです。一日二日、帰るのが遅くなったからって、大したことはありません」

笹田はその洋子の意見に、積極的に反対はしなかった。二人はその足で、佐久間と見られる死体が発見された村に舞い戻った。

第四章

志子は自宅にいた。戻ってきた洋子を見て、彼女は目を丸くした。

「何しに来たの？」

と志子は訊いた。

「志子さんに訊きたいことがあって、戻ってきたんです」

洋子は志子に、例の針金の話をした。志子は最後まで黙って聞いていた。

「あそことは別に、駅の近くに廃工場があるんですか？」

「ないわ。廃工場はあそこだけ」

と志子は答えた。

「火事で駄目になった針金があの工場に放置されているという噂を前から知っていたあなたは、自分がこの村を頻繁に留守にする口実にしたんですね」

「そうよ」

と呆気なく志子は白状した。

「いったい、どうしてそんなことを？」

「どうして、そんなことを？　訊きたいのはこっちよ。私がどんな理由で出かけようが、あなたたちに何の関係があるの？」

「確かにそうです。でもこの村で人が死にました。どんな些細《ささい》なことでも気にしてしまうのが、私の商売です」

と笹田は言った。

「それを言わなきゃいけない？　彼女の前で」

その言葉で、洋子は志子がこの村から頻繁に出る理由を、朧気ながらに理解した。

「私がどうやってこの村で生きているのか、あなたにも分かるでしょう？　この村に直接来なくても、私に用がある人は沢山いるのよ。それをいちいちこの子に教えなきゃいけないの？」

実は志子に子供扱いされていたことに気付いたが、今更どうでも良かった。とにかく彼女が針金のことで嘘をついていたとしたら、他にも嘘があるかもしれない。

「この村に来た男の客は、大抵あなたがもてなすんですか？」

「知らないわ」

そう言って志子は顔を背けた。多分そうだろう。だからこそ、志子の家は、他の村人たちより、小奇麗なのだ。夫を失った彼女に、家を建て直すお金があるはずもない。佐久間の父親から援助があるのは間違いないのではないか。つまり志子は彼とも関係があるのかもしれない。

「なら、忠彦もあなたがもてなせば良かったんじゃないですか？　何故、あんな土蔵の下に匿う必要が？」

「この家に住まわせれば良かったと？　そんなことをしたら、息子さんが戻ってきていることがすぐにバレてしまうわ」

「どうしても土蔵に匿う必要があったんじゃないですか？」

「どういうことよ？」

「あなた方は、私と浜野さんに、佐久間忠彦の死体を発見させたかった。そのために土蔵という場所は好都合だった。誰かに言われて見つけるんじゃなくて、あくまでも自分の意志で発見させなければならなかった。だからわざと、あの五郎という使用人に命じて、土蔵に重箱を持ち込ませた。その光景を目撃した浜野さんに疑いを抱かせるためです」

「だから何？　あくまでもそれは、地主さんの家の敷地内で起きたことでしょう？　私には関係ないわ」

「いや、あなたも関係しているはずだ。浜野さんはさんざん粘ったようだけど、遂に忠彦を発見できなかった。にもかかわらず、私がここにやってきたらすぐに見つかった。何故です？　最初は、頃合いを見て浜野さんに死体を発見させる計画だったんじゃないですか？　でもあなたは、浜野さんが雑誌の記者と知り合いだと知った。私への手紙はあなたが投函したんですよね？　中を覗き見ることはいくらでもできたんじゃないですか？　封筒は封緘の部分に少し皺《しわ》が出来てました。蒸気で封を開けるとああなるんです」

「何を馬鹿なこと――」

志子は呆れたような笑みを浮かべたが、笹田は追及を緩めなかった。

「あなた方は、私が来るまで死体発見を遅らせることにした。マスコミに佐久間の息子が死んだという情報を流せば、それが世間に広まると踏んだんですか？」

「あなたが来るかどうかなんて分からないじゃない。だってあなた、自分の意志でここに来たんでしょう？」

「もちろんそうです。いざとなったら浜野さん一人に死体を見つけさせたんでしょうけど、ギリギリ私がやってきた。皆さん、ほっとしたでしょうね。死体は腐敗臭が酷くなる一方だから、いつまでも放置してはおけない。ようやく忠彦の死体が発見されて、あの五郎という使用人が犯人とされた。めでたしめでたしだ。だから二週間手厚くもてなした浜野さんも、お役ごめんとして帰ってもらわなければ困る訳だ」

その笹田の言葉が終わるか終わらないかのうちに、志子は洋子に向き合った。

「悪いことは言わないわ。もう東京に帰りなさい。あなたのために言っているのよ」

その志子の言葉は、この村にはまだ明かされていない、隠された秘密があると告白しているようなものだった。

「厭です。本当のことを教えてもらえるまで、この村に留まります」

帰る場所なんて、どこにもないのだ。佐久間と会えるまで、東京には帰らない。

あの死体は佐久間ではないと洋子は確信した。東京で、グループのたまり場だった店の中を覗き込んでいた男も、別人だった。あの店にいる人間が、佐久間と間違えるかどうかを実験するために顔を出したのだ。洋子は佐久間だと思って追いかけた。実験は成功したということだ。だから彼は佐久間の代わりに殺されたのだ。

「あの死体は、身代わりなんじゃないんですか?」

と洋子は訊いた。志子はその言葉を聞いても、何の反応も示さなかった。

「佐久間さんはまだどこかで生きてる」

と洋子は自分に言い聞かせるように言った。

志子は、洋子を見つめて、

「仮にそうだとしましょう。だったら、やっぱり東京に戻るのが筋なんじゃない？　もしこの村の人間が、あたしを含めて、全員地主さんの息子さんを死んだことにしたいと思っているのなら、それは息子さんの意志なのよ。息子さん自身の協力がなければ、決して為し得ないから」

確かに佐久間は、生涯別人として生きていくことを余儀なくされる。佐久間の意志とは関係なく、この村の人間たちが佐久間の死を偽装するなどあり得ないだろう。

「つまり、息子さんは、あなたとはもう会わないと決断したってことよ。彼を好きなら、その気持ちを汲《く》んだらどう？」

佐久間は、最初っからそのつもりで、自分をこの村に呼んだのだ。自分の替え玉の死体を発見する、ただそれだけの役割のために。

このために、佐久間は自分を誘惑したのだろうか？　何も知らない子供だと思って。佐久間と口づけを交わし合ったあの日々も、すべて偽りだったのだろうか？

じゃあ良美は。

自分が佐久間と仲良くなったから、良美とは疎遠になった。そのせいで、良美はグループから距離を置いた。佐久間を諦めたから、自分のように停学にならずに済んだ。

本当にそうだろうか？

佐久間とつきあい始めたのは、良美が自分をグループに誘ったからだ。もし最初っから佐久間の死体を発見する証人として、グループに引き入れたとしたら？　良美は洋子の性格を知っていた。自覚はなかったが、普段から人のものを欲しがる素振りを見せてしまっていたかもしれない。だから良美は、自分が憧れている佐久間を、洋子が好きになることも分かっていた。

そもそも最初っからおかしかったのだ。この村に洋子を呼ぶなら、手紙でも何でも連絡の手段はあるはずだ。どうして良美に言付けるのだろう？　その時点で、二人には何かしら特別な関係があると考えるのが普通ではないか。

佐久間は最初っから、良美を選んでいたのだ。自分は利用されただけだった。そう考えると、洋子は絶望的な気持ちになった。

「やはり佐久間忠彦は下山事件に関与していたんですね？　だからこの日本から永久に姿を消すために、今回のことを仕組んだんだ」

「じゃあ、そう記事に書けば？」

と志子は言った。

「週刊Gでしたっけ？　大層な名刺を持っているけど、カストリ雑誌に毛が生えたようなもんじゃない。読者はおもしろおかしく読むでしょうけど、本気にする人なんて誰もいないわ。せいぜい頑張ることね。あなたが書く記事がどんなものであれ、この村で地主さんの息子と目される死体が見つかったのは事実よ。犯人は逮捕されているし、皆が死体は佐久間忠彦と証言している。あなたもね！」

そう志子は洋子に勝ち誇ったように言った。

洋子は唇を嚙みしめた。確かに、東京に帰って、死んだのは身代わりであって本当の佐久間はまだ生きている、などと主張しても、どれだけの人間が信じてくれるだろうか。週刊Gにせよ、志子の口調では一流のジャーナリズムとは認められていないようだった。

「ご心配は無用です」

そう笹田は志子に言った。それから洋子に、

「さあ、今度こそ帰ろう」

と言った。

「厭です」

と洋子は笹田に答えた。

「わがままは言わない方がいいよ」

「どうしてです？　笹田さんはこの村に留まるんでしょう？　一緒にいさせてください」

「駄目だ。あの死体が佐久間のものにせよ、別人のものにせよ、人が死んでいるのは事実だ。君に危険が及ばないとは、言い切れないからな」

志子は洋子を見つめ、

「大人の言うことは聞いた方がいいと思うわ」

と言った。

「仮に地主さんの息子が生きていたって、今更あなたを受け入れてくれると思うの？」

その瞬間、やはり佐久間は生きている、と洋子は思った。生きているから、そんなことを言うのだ。志子の視線を振り切り、猫が入った籠を抱えて、洋子は走り出した。

「待ちなさい！」

その笹田の声も振り切った。激しく揺れる籠の中で、猫がしきりに鳴いた。可哀想だと思い、衝動的に猫を籠から放した。

「さあ、行きなさい」

この猫は、さっきも駅前で逃げ出して、自分と笹田をあの廃工場に導いてくれた。きっと自分の行くべき道を示してくれると考えた。洋子は猫を追って走った。周りの風景が、まるで知らないものになっても、構わずに走った。

やがて猫は、一軒の掘っ建て小屋の前で立ち止まった。

中から漂ってくる微かな異臭に、洋子も思わず足を止めた。土蔵で佐久間のものと見なされた死体を発見した時のことを思い出して、厭な予感がした。

その時、洋子は小屋の中から、動物の鳴き声のようなものを聞いた。

洋子は、ごくりと唾《つば》を飲んだ。猫を抱え、勇気を振り絞るように、ぎゅっと抱きしめた。小屋の引き戸が少し開いていた。どうやらその小屋は納屋のようだった。洋子は猫を抱きしめたまま、覚悟を決めて、そっと扉を開けた。

恐れていた死体のようなものはなかったので、洋子はほっと胸を撫で下ろした。少なくとも人間の死体は。

納屋の中は、あの土蔵の中より、もっと乱雑だった。その無数の農具の中から、弱々しい鳴き声が聞こえる。洋子は、ゆっくりとそちらに近付いていった。

納屋の奥に四つの籠が積み重なっていた。鳴き声と異臭の発生源は、その籠だった。金属製のそれは、先ほどまで洋子が猫を入れていた籠と酷似していた。もしかしたら同じ店で買ったものかもしれない。

洋子は籠の一つに顔を近付けた。そして、中で飼われている生き物を目にとめ、背筋が凍り付いた。その中にいたのは、一匹の三毛猫だった。満足に餌を与えられていないのか、やせ細り、断続的に力のない鳴き声を発している。

洋子は残りの三つの籠を覗いた。次も、その次も。四番目の籠だけは空っぽだったが、それ以外の籠には三毛猫がいた。どの猫もやせ細っている。三番目の籠の猫は、死んでいるのかピクリとも動かない。

洋子は恐る恐る自分が抱いている三毛猫を見た。

「連れてきてくれたの？　自分が元いた場所に」

猫は洋子と目が合うと、ニャーと鳴いた。この納屋にいる他の猫とは違い、力強い鳴き声だった。きっと今は空っぽの四番目の籠の中で飼われていたに違いない。

佐久間が自分を利用していたなんて、何かの間違いだ。その僅かな望みも、ここに来て絶たれた。

洋子はこの村に来て、佐久間が飼っていた三毛猫と良く似たこの猫を見つけた。だから佐久間もここにいると思った。しかし冷静に考えると、殺されるかどうかの瀬戸際の時に、猫を連れて逃げる者がいるだろうか。丸一日かかる旅の間中、ずっと猫を連れているのは人目につく。籠の中で鳴いて騒いだりしたら目も当てられない。

佐久間が、当初洋子が考えていたように、ＧＨＱから逃げていたのか、それとも笹田の言う通り共産主義者から逃げていたのか、それは分からない。ただ逃走には、身軽であることが絶対条件だ。荷物になる猫など、東京に置いていくに違いない。

別に、同じ猫である必要はないのだ。洋子に、佐久間が飼っていた猫と思わせればいいのだから。適当にそこらから見つけた三毛猫の中から見繕《みつくろ》い、この村にやってきた洋子の前に放ったのだ。

猫がいるなら、佐久間もいるはず。そう洋子が発想することを見越して。

その時だった。

「ここを見つけたのか」

背後から聞こえてきたその声に、洋子は心臓を鷲掴《わしづか》みされたような気になった。

恐る恐る後ろを振り向くと、そこには出口を塞ぐようにして、首にケロイドの痕がある郷田が立っていた。この納屋は彼の持ち物だったのだろうか。

「すいません。私、気付かなくて」

こちらを睨みつけるように直視する郷田の視線が恐ろしく、洋子はそう言い訳するので精一杯だった。

郷田は暫く洋子を見つめた後、静かに扉を閉めた。真っ暗にならなかったのは、どこからか外の光が漏れているからか。

洋子はゆっくりと扉に近付いた。耳を澄ませる。外に人がいる気配はない。唾を飲み込み、洋子はおそるおそる扉を開けようとした。その瞬間、恐怖が全身を駆けめぐった。扉が開かないのだ！

何度動かそうとしても、押しても引いても、駄目だった。洋子は外の光が漏れている場所を探した。納屋の奥に、採光のためにつけられたような小さな窓があった。

ここから外に出ることはとてもできない。でも助けを呼ぶことはできる。

洋子は窓を開けて、外に誰かが通りかかるまで暫く待った。十数分ほどすると、農夫がこちらに向かって歩いてくるのが見えた。助かった、と思った。

「すいません。助けてください。出られないんです」

洋子は、そう、それなりに大きな声で助けを求めた。しかし、なんということだろう。農夫はこちらをちらりと見たが、洋子の助けを求める声など無視して納屋を通り過ぎてしまった。

悔しさと絶望で、唇がわなわなと震えた。この村の人間は、みんな私の敵なのだ。その場にへたり込んだ。殺されるのだろうか、と考えた。自分はあの死体を発見し、東京で佐久間が死んだとふれ回るためにこの村に招かれた。だが、あの死体が本当に佐久間のものであるかどうか疑わしいと、洋子が気付いた今、そんな計画はもう意味をなさないのではないか。生かしておく方が危険だと考えるかもしれない。

洋子は納屋を見回し、一本の鍬を手に取った。そしてそれを慎重に、籠の扉の部分に振り下ろした。籠は呆気なく壊れて、扉が開いた。洋子はやせ細った二匹の猫を小窓から外に逃がしてやった。あんな状態で、果たして外で生き延びられるか不安だったが、ここにいたら確実に死を待つだけだ。

この状態を見る限り、猫はここに完全に放置されているようだった。洋子が逃がしたところで、郷田は歯牙にもかけないだろう。

動かない一匹は、残念だが、やはり死んでいるようだった。

ここから出られなければ、自分もいずれこうなるのだ。

洋子は、自分をここに連れてきた猫を見やった。

結局、この猫は佐久間が飼っていたあの猫ではなかった。この猫だけじゃない。籠の中にいた三匹の猫は、佐久間たちの訳の分からない計画の道具にされたのだ。

自分と一緒にいたら、この猫はずっと道具のままだ。

「あんた、逃げたい？」

と洋子は訊き、猫を窓の方に向けた。やはり名残惜しい気持ちもあり、自分から追い立てようとはしなかった。しかし猫は窓の外を見るや否や、何のためらいもなく、ぴょんと外に飛び出していった。

そしてそのまま一目散に道を走っていき、やがて視界から完全に消えた。

寂しい気持ちはあったが、これで良かったんだと思った。自分と一緒にいたら、きっとろくな目に遭わないだろう。

洋子はひたすら窓の外を見続けていた。時折通りかかる農民たちは、助けを求める洋子の声を、やはり完全に無視した。

道の向こうに、木陰の向こうに、知らず知らずのうちに笹田を探している自分に気付いた。今は彼以外に頼れる者は誰もいないのだ。

それから一時間ほど経った頃だろうか。こちらに向かって走ってくる小さな影を、洋子は認めた。

それは今さっき逃がした、あの猫だった。何故戻ってきたのだろう、と思ったが、次の瞬間、洋子は笹田以外に頼れる人間が、もう一人だけいたことに気付いた。

「閉じこめられたの？」

と平太が訊いた。猫が少年を連れてきてくれたのだ。

「そう。ここから出して欲しいの」

平太が視界から消えると、程なくして納屋の扉が、がたん、と音を立てた。つっかえ棒を外してくれたのだ。洋子は弾かれたように扉に飛びついて、納屋から転がり出た。

地面に両手と膝をつき、はあはあ、と荒い息を吐いた。猫がこちらに走り寄ってきて、小さな目で洋子を見上げた。

「ありがとう。助けを呼んでくれたのね」

だが、こうしてはいられない。またあの恐ろしい郷田が現れるかもしれないのだ。

「皆、噂していいるよ。この村のことを嗅ぎ回ってるって」

「私のこと？」

「うん。それにあの男の人」

「笹田さん？」

「皆にどこかに連れていかれた」

「どこに？」

「多分、地主さんのところだと思う」

その時だ。

「こんなところにいたのね」

聞き覚えのある声がした。そちらを向くと、志子がいた。

「その子が走っていくのが見えたから。災難だったわね。でも、郷田さんの納屋に勝手に入るのが悪いのよ」

「笹田さんはどうしたんですか？」

「あの人は大丈夫よ。いい大人だから」

だからこそ心配だった。志子が誘惑して味方に引き入れてしまうかもしれない。

「志子さん。教えてください。あなたたちは私を騙したんですね？」

「騙す？　この村に来て、右も左も分からないあなたを最初に助けてあげたのは私よ。騙すつもりなら、そんなことするはずないじゃない」

「あてがわれてたんだよ」

と平太が言った。

「お母さんが話してたもん。東京から来る地主の息子の恋人は、後家さんにあてがわせておけばいいって」

つまり、最初に志子が洋子を助けたのも、すべて計画の一部だったのか。冷静に考えればそれも当然だ。猫まで用意していたのだから、この村で洋子が経験したことで、彼らの計画以外のことなど一つもないと考えるべきだろう。

「でも記者の方は頭がいいから、後家さんには無理だって」

洋子は志子を見やった。

「笹田さんは？」

同じ質問をもう一度した。

「大丈夫よ。地主さんが面倒見てるから」

そう言って、志子は平太を見やった。

「この子には注意しなきゃいけないと思っていたけど、案の定ね」

平太はみんな知っていたのだ。大人たちのたくらみを。現に平太は早い段階から、洋子が探している人間はあの土蔵の中にはいないと言っていたではないか。

「お母さんが言ってた。後家さんはずる賢いって」

「黙りなさい！」

志子は平太に怒鳴った。あの志子がこんなふうに怒鳴るなんて、洋子は想像すらできなかった。

「ずる賢い？　それは光栄だわ。夫が死んでも、私一人でちゃんと生きていけているってことだから！　あんたたち子供には分からないでしょうけど、大人は毎日のご飯のためなら何だってするのよ」

「教えてください。佐久間さんはやっぱりGHQのスパイだったんですか？」

「知らないわ。私は」

と志子は素っ気なく答えた。

「そんなこと、興味ないもの」

この計画に、佐久間の父親もかかわっていることは明白だ。彼が共産主義に肩入れするとは思えないから、恐らく息子の死を偽装することで、相当の報酬を得ているのではないか。地主はGHQの農地改革で土地を安く買い叩《たた》かれたが、その際便宜を図ってもらうという約束で協力したのかもしれない。

「佐久間忠彦が生きてるってことを、世間に告発します」

と洋子は言った。それが自分を騙した、佐久間への復讐だと思った。

「それは結構なことね。でも、誰が信じるかしら？　警察には、あれは地主さんの息子の死体だと処理された。あなたがいくら東京に戻って恋人が生きているって言い立てても、恋人会いたさにおかしくなったと思われるだけでしょうね。それでなくとも、アカに染まって学校を停学になった人間の言うことを、誰が信用するの？」

悔しいけれど、その通りだった。自分が騒げば騒ぐほど、この村で佐久間らしき死体が見つかったという事実は、世間に広まるのだ。どっちに転んでも、彼らの得になるようにできている。

志子は洋子を見やり、

「その子の母親は私のことを嫌っているのよ」

と言った。平太の手を無理矢理引っ張って、引きずるように家に連れ帰った、彼の母親の姿が脳裏に浮かんだ。恐らく化粧もしたことがないのだろう、垢抜けない女だった。もちろんそれは懸命に平太を育てた証だろうが、都会的で洗練されている志子を良く思っていないであろうことは容易に想像できた。ましてや身体を売っているのだ。

「だから、母親の真似をして、しょっちゅう私を、後家、後家ってからかうのよ。本当に憎らしい子――」

そう言って志子は平太を睨みつけた。だが子供故の恐れ知らずなのか、平太は微塵《みじん》も動じる様子はなかった。

「洋子さん。その子は別にあなたを助けようと思っている訳じゃないわ。ただ、東京から来た人が珍しいのと、私があなたと親しくする役を仰せつかったからよ。だからあなたにつきまとっているのよ。私の悪口を言いふらすために。子供は好奇心が旺盛《おうせい》だし、どこにでも現れるから、きっと大人たちの話を盗み聞きしていたんでしょうね」

だとしたら平太が彼らの計画の綻《ほころ》びだった。村の人々は、佐久間の死を偽装するという点においては同じ目的を持っていたが、決して一枚岩ではなかったということか。

「記者の人、もう殺されてるよ」

その平太の言葉に、洋子は耳を疑った。

「だって、お母さんたち、いざとなったら殺してしまえばいい、って言っていたから」

洋子がその事実を問い質そうとするや否や、

「そんなのは話の勢いよ。それくらい冗談で言ってしまうことはあるでしょう？　あなたも共産主義の活動していたんだったら、心当たりの一つや二つあるはず」

と志子は言った。

「でも、現に人が死んでいます」

土蔵で見つかった佐久間の身代わりと思《おぼ》しき死体。それに東京では仲間が二人殺されている。決して冗談では済まされない。

しかし、

「さあ」

と志子は洋子に手を差し伸べた。

「その子、私を困らせたいだけなのよ。笹田さんは、佐久間さんのお父さんと話をしているわ。確かに、私たちはいろんなことについて騙していた。話し合いましょう。ね？」

この村に初めて来て不安で押しつぶされそうだった時、志子が声をかけてくれてどんなに心強かったことか。

脳裏に、彼女の家でお茶を飲みながら、女同士気兼ねのない会話を交わした思い出が蘇った。楽しかった。彼女を姉のように感じたこともあった。

洋子は志子に手を伸ばしかけた。でも、思い留まった。

死んだのは佐久間でないと、あくまでも洋子が思っているだけなら、彼らの計画はまだ成立しているのだ。でも、この村を後にした洋子が警察に駆け込んだら、きっと再捜査が始まるだろう。死体が佐久間でない証拠など、いくらでも出てくるに違いない。計画は今度こそ本当に失敗してしまう。実際に洋子がそうするかどうかは別問題としても、その可能性を当然志子たちは想定するはずだ。

志子についていって、ただで済むとは思えなかった。

洋子は平太の手をぎゅっと握った。

「今までお世話になりました。私、東京に帰ります」

そう言って、深々と頭を下げた。そして志子に背を向け、歩き出した。志子が呼び止めると思った。だが、志子は何も言わなかった。

笹田のことは気がかりだったが、会いには行けないと思った。彼は立派な社会人だし、この村に留まると言っていたから心配ないだろう、と無理に自分に言い聞かせた。

平太と手を繋ぎながら歩いていると、村人たちは、歩いている者は立ち止まり、農作業をしている者は手を休め、射るような視線で洋子を見つめた。村のどこを歩いていても監視されているのと同じだった。

「あなた、この村の道に詳しいんでしょう?」

と洋子は平太に訊いた。平太は、うん、と頷いた。

「誰にも見られないで、村の外に出たいの」

その言葉で、平太はすべて了解したようだった。

「こっち！」

と平太は洋子の手を引っ張って、道をそれ、鬱蒼《うっそう》と木々が密集する森の中に入っていった。こんな森の中を歩いたら遭難するんじゃないかと心配だったが、平太はちゃんと獣道を選んで歩いているようだった。

「こんなことをして、後でお母さんに叱られない？」

と洋子は訊いた。

「平気だよ。母さんは後家さんが嫌いなんだ！」

志子の邪魔をすることが、母親のためになると無邪気に思っている様子だった。利用しているようで心が痛んだが、今はそんなことを言っている場合ではない。

その時、背後で枝が折れるような音がした。気のせいかと思ったが、パキッ、パキッ、と断続的に聞こえてくる。

誰かが地面に落ちた枝を踏んでいるのだ。

「急ごう」

と洋子は平太に言った。すると平太は、うん、と頷き、突然走り出した。洋子は慌てて後を追った。だが慣れない森の中のこと、平太との距離はどんどん離れてゆく。

思わず洋子は後ろを振り返った。するとそこには誰もいなかった。単なる気のせいだったのかもしれない。

「待って！　大丈夫だから！」

だが、その声は届かないのか、平太は走るのを止めようとしなかった。やがて木々は開けて、低い崖のようになっている場所に出た。急な斜面になっていて、うっかり足を滑らすと下まで転がり落ちてしまいそうだ。こんなところを歩くのかと思ったが、やはり斜面にはうっすらと獣道が出来ていて、かろうじて人が歩く場所であることを主張していた。

洋子は必死に平太についていった。しかしやはり、相手は身軽な子供だし、こちらは猫を抱いているということもあって、距離はどんどん広がっていった。

「待って！　置いてかないで！」

再び叫んだ。すると今度は声が届いたのか、平太はとことこと、こちらに戻ってきた。

ほっと安心したのもつかの間、平太の背後を見やって、洋子は愕然とした。

郷田がいる！

こちらを睨みつけ、斜面に手をやりその大きな身体を支えながらも、ゆっくり、しかし確実に近付いてくる。洋子は道を引き返そうと振り返った。すると、そちらにも数人の男たちの姿が見えた。先ほど聞こえた、枝の鳴る音は気のせいなどではなかったのだ。

もうお終いだ、逃げる場所なんてない。

洋子は捕まることをほとんど覚悟していた。しかしその時、戻ってきた平太が、洋子の手を引いた。

「こっち！」

そう言って斜面を降りようとした。

「ここを降りるの⁉」

「うん」

「そんなの無理よ！」

「大丈夫、いつもやってるから！」

そう言って、ほとんど駆け出すようにして斜面を降り出した。子供特有の無鉄砲さに、洋子は正直、ついていけなかった。どうしようかと二の足を踏んでいたが、その時、抱いていた猫がピョンとジャンプして、平太を追って駆け降りて行った。

彼らの後を追わなければ、確実に男たちに捕まるのだ。洋子はほとんど泣きそうになりながら、半ば滑り落ちるように斜面を降り出した。

その時、

「止まれ！」

と郷田が大声を出した。その声で、斜面を駆け降りている平太が、一瞬後ろを向いた。次の瞬間、何かにつまずいたように、平太は派手に転倒し、そのままゴロゴロと斜面を転がって行った。

洋子は思わず、あ！　と声を上げそうになったが、正直、平太のことを心配するよりも、あの恐ろしい郷田から逃げることで頭がいっぱいになっていた。これだけ森の中を走り回っているのだから、転がり落ちるぐらい、なんてことはないだろう、とも思った。

やがて洋子も滑り落ちるようにして下に降りた。振り返ると、身体の大きな男たちは、上手く斜面を降りられずあたふたしていた。この分なら逃げ切ることができそうだ。

平太を探すと、彼は大きな岩の近くにうつ伏せに倒れていた。寄り添うように、猫が鳴いていた。洋子は駆け寄り、猫を抱いた。そして倒れている平太の肩を揺り動かした。

「さあ、行きましょう。今のうちよ」

洋子は、平太が立ち上がって、また走り出すことを夢にも疑っていなかった。だってさっきまであんなに元気だったのだから。

「どうしたの?」

肩を揺さぶった。少年は身動き一つしなかった。

洋子は平太の身体を起こした。自分よりも小さな子供の身体であっても、力が抜けたそれは、あまりにも重たかった。

平太はかっと目を見開き、微塵も動かなかった。死んでいるのは一目瞭然《いちもくりようぜん》だった。転がり落ちた時、岩に頭をぶつけたのだ。しかし洋子は信じたくなかった。自分のせいで、何の罪もない子供が死んだなんて。

「誰か！」

洋子は平太を抱いたまま叫んだ。さっきまで頭を占めていた、逃げなければ、という気持ちは完全に消え去っていた。

「早く来て！」

男たちは、おっかなびっくり、のろのろと斜面を下っていた。何でこんなに遅いのだろう、と苛立《いらだ》つほどだった。

洋子は斜面を降りきった彼らに、泣きながら助けを求めた。しかし彼らは死んだ平太を抱いている洋子を見つめているだけだった。洋子が道を歩くたびに監視するように見てきた村人たちと、まるで同じ態度だった。なら、どうして、自分を追ってきたのだろう？分からなかった。もう何も分かりたくない。

涙で濡れた視界で、郷田と目が合った。郷田はうっすらと笑みを浮かべていた。

すぐさま、まるで飴《あめ》に群がる蟻《あり》のように村人たちが集まってきた。しかし何十人もの人間が集まっても、平太を助けようとする者など、一人もいなかった。

洋子は初めてこの村に来た時のことを思い出した。あの時も、こうして皆の好奇の目に晒《さら》されていた。声をかけてくれたのは平太と、そして志子だった。

あの時のように助けて欲しいと思った。しかし志子は現れなかった。代わりにやって来たのは平太の母親だった。

「平太！」

彼女は洋子を突き飛ばし、まるで奪うように平太の身体を抱え上げた。洋子は為す術もなく地面に押し倒された。泥で汚れた洋子を助けてくれる者は誰もいなかった。

平太の母親は息子の死体を抱きながら号泣していた。脳裏に、佐久間と見なされる死体が発見されて泣き喚いていた、彼の両親の姿が浮かんだ。

でも、平太は死んだのだ。

別人である可能性など、微塵もないのだ。自分の目の前で、彼は死んだのだから。

「このあばずれが！」

平太の母親はひとしきり泣いた後、息子の死体をまるで放るように手放し、洋子に向かってきた。彼女の拳が、平手が、容赦なく洋子の顔面を直撃した。洋子はそれを防ぐことすらできなかった。殴られても当然だと思った。

その時、猫が平太の母親に飛びかかった。

「痛っ！」

爪が彼女の手を引っかきでもしたのだろう。平太の母親は大きな声を上げた。

彼女は猫の首根っこをつかみ、そのまま、そこらの木に向かって放り投げた。木の幹に直撃した猫は、ぎゃん！　というもの凄い鳴き声を上げ、地面に転がった。

「止めて！」

洋子は叫んだ。

「猫は関係ない！　その子は！」

「うるさい！」

しがみつく洋子を、平太の母親は振り払った。そしてもう逃げる体力もないのだろう、ピクピクと身体を痙攣《けいれん》させている猫を持ち上げ、そのまま首根っこをひねろうとした。

だがその時、郷田が平太の母親を止めた。郷田は平太の母親に二言三言耳打ちし、彼女は軽蔑しきったように洋子を見やった。そして、

「ほら！」

と洋子に向かって猫を放り投げた。よっぽど強く身体を打ったのだろう、猫は弱々しく

鳴いた。

洋子は無理矢理立ち上がらされ、佐久間の実家まで歩かされた。まるで村中の人間が表に出てきたかのように、大勢の村人たちが連行される洋子を眺めていた。どこからか石が飛んできて洋子の頭に命中した。目もくらむような痛みが洋子を襲ったが、立ち止まることは許されなかった。

洋子は居並ぶ人たちの中に、笹田の姿を必死で探した。彼はどこに行ったのだろう。どうして助けてくれないのだろう。洋子は自分の腕の中で弱々しく鳴く猫を強く抱いた。もはや心の拠り所は、この猫しかなかった。

洋子は引っ立てられるようにして、佐久間の実家の庭に連れてこられた。そこには佐久間の父親が待ちかまえていた。

「この娘が私の子供を殺したんです！」

そう平太の母親が訴えた。佐久間の父親は、じろりと洋子を見やった。

こんなふうに裁判にかけられても、洋子の視線は笹田を探していた。自分がどうなるかよりも、彼がどうなったかのほうが気がかりだった。

笹田の姿は見あたらなかった。誰一人、笹田について語る者はいなかった。

「笹田さんは」

その洋子の言葉で、全員がこちらを向いた。

「笹田さんは、どうなったんです？」

「勝手に喋るな！」

平太の母親が洋子を平手で打った。あまりにも殴られたので、その程度ではもはや何も感じなかった。

「嬢ちゃん。あんた、東京に帰ったんだろう？　なんで戻ってきたんだ？」

「あなたの息子さんは死んでいません。だから戻ってきたんです」

「死んでない？　嬢ちゃんまで、あの記者の言うことを鵜呑みにしてるのか？」

「笹田さんだけじゃありません。志子さんもそう言ってます」

佐久間の父親はゲラゲラと笑った。

「嬢ちゃん、あの後家は男を客にとって生活してるんだぞ。そりゃ職業に貴賤《きせん》はない。軍人だって農民だって役人だってみんな立派な人間だ。だから身体を売っている女も立派な人間ってわけだ。でもな、地主の俺の言うことと娼婦の言うこと、いったいどっちが信用されると思う？　あ？」

洋子は唇を噛みしめ、そして悔し紛れに、こう吐き捨てた。

「じゃあ、別に東京に帰って笹田さんが記事にしてもいいんですね。誰も信用しないんだから」

　ここまで追いつめられて、それでもなお、こんな言葉が出るのが自分でも意外だった。まだ自分には勇気がひとかけら残っていたらしい。

「生意気な娘だ！　いいか。俺たちには後ろ暗いことは一つもない。だがそんな記事を書かれたら、余計な疑いをかけられる！　あんただって、やってもいない罪を着せられるのは厭だろう？　違うか⁉」

　そうだ。やってもいない罪を着せられる謂れはないのだ。

　洋子は平太の死を悼み、涙を流しながら、それでもはっきりと自分の意志を主張した。

「私は、平太君を、殺していません」

「何を言うか！」

　また平太の母親が洋子を平手で打った。

「本当です。追いかけられたから、逃げたんです。それで足を滑らして落ちたんです」

「お前を逃がそうとしたからだろうが！」

「お前がこの村に来なかったら、あの子は死なずに済んだんだ！」

「どうせお前が平太を誑《たぶら》かしたんだろう！」

「売女《ばいた》！」

「死ね！　死んで詫《わ》びろ！」

平太の母親だけではなく、そこら中にいた大人たちが全員、寄ってたかって洋子を責め立てた。洋子は子供のように泣いた。今まで生きてきて、ここまでの悪意に晒されたことはなかった。アカのレッテルを貼られて警察の取り調べを受けた時も、ここまで酷くはなかった。理不尽な気持ちと、自分のせいで平太が死んだのは事実だから彼らが怒るのも当然だ、という思いが綯《な》い交ぜになって、洋子はめまいがした。

ただ、笹田を想った。

笹田さん、助けて、と声に出さずに祈った。

「お前、どうやって責任を取る？」

と平太の母親が訊いた。

「私は、あんたに大事な息子を殺されたんだよ？　じゃあ、私もあんたの大事なものを奪う権利がある！」

恐怖のあまり、洋子は猫を強く抱いた。平太の母親の視線は、その猫に向いた。

「これか」

と彼女は猫の首根っこを摑んだ。

「止めて！　この子は！　この子はダメ！」

洋子は必死に抵抗したが、平太の母親は猫をまるで引きちぎらんばかりの力で引っ張った。猫が悲鳴のような鳴き声を上げたので、とうとう洋子は猫を放してしまった。

「こんなクズ猫！」

平太の母親は、猫を地面に叩きつけた。洋子は思わず目を背けた。今度こそ死んでしまったか、と思ったが、猫はまだ弱々しい鳴き声を上げながらも、生きていた。

平太の母親は、郷田を見やった。そして、

「やってちょうだい」

と言った。

気付くと郷田は、洋子が駅前で買った籠を手に持っていた。まるでゴミか何かを回収するように、郷田は猫を籠の中に放り込んだ。

その場にいる全員が、息を飲むように郷田の一挙手一投足を見つめていた。洋子もそうだった。いったい郷田が何を始めようというのか、想像すらできなかった。

郷田は猫の入った籠を地面に放り投げた。弱々しかった猫も、さすがに籠から出ようと暴れた。しかし金属製の檻《おり》は、どんなに鳴こうが喚こうがビクともしなかった。

やがて郷田の取り巻きの一人が、ブリキ缶を持ってやってきた。郷田は無造作にブリキ缶を受け取り、蓋を外して中の液体を籠の上から猫にぶちまけた。

強烈な油の臭いが鼻についた。缶の中に入っていたのは灯油だった。この期《ご》に至って、ようやく洋子は、さっき郷田が平太の母親に何を耳打ちしたかを知った。

「いや！」

籠に駆け寄り、洋子はこの村に来てから一番の抵抗を見せた。だが郷田や、その取り巻きたちに比べれば、洋子は文字通り子供で、瞬く間に地面に取り押さえられた。

籠の中の猫と目が合った。これから自分がどうなるのかまるで理解していない猫は、ビー玉のような瞳でじっと洋子を見据《みす》えた。

郷田は一人ぶつぶつと、何かを呪文のようにつぶやいていた。どうやら、熱い、熱い、熱い、と繰り返しているようだった。

そして、その顔は笑っていた。

交渉も、懇願も成立しない相手がいることを、洋子は思い知った。

郷田はマッチを擦った。そして、あっ、と叫ぶ暇もなく、火のついたマッチを籠に放った。猫のもの凄い鳴き声と共に、一瞬にして籠は炎に包まれた。猫は暴れ回るが、その真っ赤に焼けた灼熱の檻から逃れることは、決してできなかった。

猫の断末魔の悲鳴と、檻がガタガタと震える音は暫く続いていたが、やがて静寂が戻ってきた。郷田の呪文のようなつぶやきの他には、肉や毛が燃えた壮絶な異臭だけが残った。自分の中で何かが死んだのを、洋子は感じた。もう戻れないと思った。仮に東京に帰れたとしても、今のこの光景は一生目に焼き付いて離れないだろう。

私はどこにいても、心はこの村にあり続けるのだ。そう考えると、逃げようとする気持ちも、立ち上がる気力すら消え去ってしまった。

それからも、平太の母親だか誰かが自分を責め苛んでいたようだが、洋子はほとんど認識できなかった。

そして引きずられるように、屋敷の物置のような場所に連れて行かれた。客人として二週間寝泊まりしたあの頃が嘘のような待遇だった。四六時中、使用人たちが交代で見張りに立った。皆、老人や、若くとも女だったので、倒して逃げることはもしかしたらできたかもしれない。

しかし洋子は逃げられなかった。今度捕まると、あの猫のように自分も生きたまま焼かれるかもしれない、とすら思った。

ただ、笹田のことだけは頭から離れなかった。

来る人間来る人間に、笹田のことを尋ねたが、誰一人洋子の質問に答えてくれる者はいなかった。ただ皆、洋子を家畜か何かのように、軽蔑しきった目で見つめた。

人間として見られていないのだ、と思った。

数日後の夜、佐久間の父親がやって来た。

「あの記者のことを訊きまくっているそうじゃないか。だがな、もう忘れた方がいい。あの男はお前さんを置いて東京に帰ったぞ」

「嘘です！」

笹田はこの村に留まって取材を続ける、と言っていたのだ。洋子一人を置いて帰るはずがない。

「いいや。あんたは忠彦の大事な嫁だ。この村で世話する義務があると言ったら、納得して帰って行ったよ」

洋子は佐久間の父親を見つめた。薄い闇の中、彼は微笑んでいた。

「息子さんは、死んだんじゃないんですか？」

「お前さんも意地が悪いなあ。そうだ。あの記者の言う通りだよ。土蔵で死んだあいつはGHQが用意した替え玉だ。忠彦を死んだことにするために、全部アメリカさんが仕組んだんだ。忠彦も相当アメリカさんと深くつきあっていたそうだから。ま、本当に殺されなくて良かったと思うべきだ」

洋子は彼から目を背け、

「結局、同じこと」

とつぶやいた。実際に死のうが、書類の上での死であろうが、社会的に生きていないことには変わりがない。

それ以前に、もう佐久間への未練など、これっぽっちも残っていなかった。あの男は自分を利用したのだ。

「同じこと？　違うな。ここに留まれば、いずれまた忠彦と会えるかもしれんぞ」

「もう、会いたくない！」

大声を出す洋子を、佐久間の父親はまるでなだめるように言った。

「ま、ま、そう興奮するんじゃない。お前さんは大事な客人だ。忠彦が死んだ証人になってもらわにゃならん」

「私は、そんな証人にはなりません。東京に帰ったら、佐久間さんは生きているって皆に言います」

「そう、それなんだが——」

しかつめらしく、彼は言った。

「本当は、あの死体を忠彦だと信じてもらって、あんたさんと記者さんを東京に帰らせられれば、一番良かったんだ。でもあの記者さんは、思った以上に有能でなあ。もちろん死体が見つかって、忠彦のものだと警察が判断した以上、もう目的は達せられた。たとえお前さんたちが疑って東京で言いふらしても、むしろ忠彦が死んだ宣伝になっていいんじゃないかと俺なんかは思った。でもな、志子がな」

後家さんではなく、志子と呼んだ。それだけで、二人の関係は洋子が想像した通りだと分かった。

「あの記者が、俺たちのやったことを全部バラしてしまうかもしれない、って言い出してなあ。結局、この村に留まってもらった方がいいんじゃないかって、そう言うんだよ」

ハッとした。

「やっぱり、笹田さんはこの村にまだいるんですね⁉」

「まあまあ。そう慌てなさんな。これはお前さんにとってもいい話だと思うがな。あんたさんが東京に帰るって言うんなら、俺たちは平太を殺した犯人として、あんたを警察に突き出さなきゃならん」

洋子の質問の答えには、まるでなっていなかった。

「警察に突き出したいのなら、そうしてください。笹田さんに会わせてください」

さっき彼は、笹田は東京に帰ったと言った。だがそれは洋子をあしらうための嘘だったのか。笹田はもう、とっくに殺されているのかもしれない。そんな不安が脳裏を過った。

佐久間の父親は立ち上がり、洋子を見下ろし、

「あの記者に会いたいか?」

と訊いた。小さい人だと思っていた。しかし、こうして見上げる佐久間の父親は、やはり大人の男の身体をしていた。

「あんただって、あれがしたいこれがしたい、そんなわがままは通用しないってことぐらい分かっているはずだ。やってもらいたいことがあるなら、その代償を払わなけりゃな」

そう言って、佐久間の父親は服を脱ぎ始めた。それで初めて洋子は、彼の言う『代償』の意味に気付いた。

東京で良美に紹介されて佐久間と出会い、恋に落ちた時、洋子は彼が最初の男になると信じて疑わなかった。佐久間が自分を騙していたらしいことに気付いても、まったく彼に未練がないと言ったら嘘だった。

でも、そんな未練も、この瞬間、潰《つい》えた。

泣き叫びたいほど厭だったのに、洋子は何一つ抵抗しなかった。抵抗する体力も気力もなかったし、彼の言いなりになれば笹田とまた会えると思った。あの記者は洋子にとって頼りがいのある大人だった。きっと東京に連れて帰ってくれるだろう。

だがそれ以上に、目の前で猫を焼かれた自分は、もうそれ以前の自分には戻れないという気持ちが、洋子を自暴自棄にさせていた。

これ以上汚されようが、どうでもいいのだ。だって私はもう、とっくの昔に汚れているのだから。

佐久間の父親の汚らわしい手に身体を撫で回されながら、洋子はぼんやりとそんなことを考えていた。


佐久間の父親に犯されるのが日課になり始めたある日、あの女が洋子を訪ねて来た。志子だった。

毎日の陵辱《りようじよく》に身体と心を擦り減らし、何も考えない方がいっそ楽だと感情を押し殺して日々を過ごしてきたが、さすがに彼女を目にすると動揺は隠せなかった。

「話は聞いたわ」

などと志子は言った。その口調から、自分を助ける気は少しもないことが分かった。

「この村から出て行ったと思ったあなたが戻って来てくれて、私は本当に嬉しかったわ。だって、もう地主さんの相手をしなくても済むから。私なんかより若い、しかも東京の女の子の方がいいに決まってるもの」

洋子は志子を見つめ、

「何しに来たの?」

と訊いた。

「いいことを教えてあげようと思って」

と志子は厭らしい顔つきをして言った。

「こうやって地主さんのいいなりに抱かれていれば、あの記者と会えると思っているでしようけど、諦めた方がいいわ。あの記者は、とっくに死んでいるから」

「嘘」

と洋子は間髪容《かんはつい》れずに言い返した。

「嘘じゃないわ。あの人、記者としては有能なんでしょうね。でもそれが命取りよ。私たちとしては、地主さんの息子さんが死んだと適当に記事にしてくれれば良かったのに、何かあるんじゃないかと詮索していたでしょう? あなたがいけないのよ。あんな人を呼んだから。あなたがあんな手紙を書かなければ、あの人は死なずに済んだのよ」

「やっぱり、私の手紙を、読んだんですね」

「当たり前でしょう。私をただのお使いだと思っていたの? いい? あの人と会えるなんて希望は捨てなさい。もういないんだから。地主さんの言いなりになっていれば、この村で何不自由なく暮らせるわ。それでいいじゃない。どうせ東京に戻ったって、行く当てはないんでしょう?」

再び、嘘、と今度は声に出さずにつぶやいた。

「笹田さんは死んでない。あの人、私がこうすれば会わせてくれるって言ったもの」

「地主さんの言うこと本気にしたの？　もしあの記者が生きているなら、もうとっくにあなたに会いに来ているはずよ。いい？　私はあなたのためを思って言っているのよ。これからも私の代わりに地主さんに抱かれなさい。そうすれば、殺されることはないから」

志子の言っていることは本当だろうか。

それとも、嘘を言っているのだろうか。

自分を絶望させるために嘘を言っているのだとしたら、果たして死んだ、とまで言うだろうか。東京に帰った、と言えば済む話ではないか。

つまり、笹田は本当に死んでいる。

「笹田さんが死んでいるのなら、どうしてわざわざ私に言うの？」

「単なる親切心からよ。決して叶わない夢をいつまでも持っているのは、あまりにも可哀想だから」

洋子は立ち上がった。

「佐久間さんのお父さんに、会わせてください」

「何言ってるの？　夜になれば会えるじゃない」

下卑た笑いを浮かべて、志子は言った。

「あの人は私がこうすれば笹田さんに会わせてくれると言いました。その約束を、確かめたいんです」

志子は表情を変えず、

「そんな約束、本気にする方が悪いのよ」

と言った。そして立ち上がり、部屋から出ていった。

洋子は泣いた。こんな惨《みじ》めな私を嘲笑うために、わざわざやってきたのだと思った。

その日の夜、いつものように佐久間の父親がやって来た。そして洋子の服を脱がそうと手を伸ばした。洋子はその手を振り払った。だが、自分が抵抗すれば抵抗するほど、彼は興奮し高ぶることを洋子は知っていた。

「どうした？　今日は気分が乗らんのか？　え？」

厭らしい笑みを、彼は浮かべた。その唾棄《だき》すべき表情を見ないように、視線を逸らして洋子は言った。

「志子さんが、来ました」

「あ？　あの後家か？」

「笹田さんは、もうとっくに死んでるって」

佐久間の父親はゲラゲラと笑った。

「あいつは俺に惚《ほ》れてるからな。あいつは確かにいい女だ。だがもう年だ。若いお前さんにはかなわない。だから嫉妬して厭がらせにそんなことを言っているだけだ」

ぞっとした。こんな男に惚れる女がいるとは、とても思えなかった。

「なら、今すぐ笹田さんに会わせてください」

「こんな夜に何を言うんだ。明日にしろ！　明日に！」

洋子は頭に血が上った。実際明日になったら、同じことを言ってはぐらかすに決まっているのだ。

「約束したのに。こういうことをすれば笹田さんに会わせてくれるって！」

その洋子の剣幕に、佐久間の父親は一瞬、押し黙った。

そしておもむろに言った。

「お前さんだって、分かっているだろ？　あの記者が無事だったら、もっと早く姿を見せるはずだって」

洋子は彼を見つめた。そして、言った。

「殺したのね」

佐久間の父親はその洋子の言葉に、すぐに返事をしなかった。

「騙した訳じゃない。本当にあんたさんに会わせようとしたんだよ」

憎くて憎くて仕方がなかった。自分を陵辱したいがために、笹田が生きていると嘘をついたのだ。

「少なくとも、あの時、あの記者はまだ生きていた」

あの時とは、笹田に会わせると約束した夜のことだろうか。

「それなのに、逃げ出しやがった。あんたさんに会わせてやると言っているのに、疑うのが悪い」

「あなたが、殺したの?」

「俺はそんなことはせん。若いもんが勝手に追ってった。連中が、殺《や》ったようだ。死体は森に埋めたと」

洋子はその話が信じられなかった。ただ、死んだ、笹田さんが、死んだ、と譫言《うわごと》のようにつぶやいた。

脳裏には、熱い、熱い、とつぶやき、笑みを浮かべながら猫を燃やした、あの郷田の姿が浮かんでいた。

洋子も郷田のように笑みを浮かべた。追いつめられた洋子には、それ以外に為す術はなかった。郷田も追いつめられて、あんなふうになってしまったのだろうか。

そして、自分も。

「そうか。納得したか」

洋子の表情で勝手に得心したのか、佐久間の父親は洋子の顎《あご》に手をやった。

「悪いことは言わん。ここにずっといろ。お前さんが気に入った。さすが東京の女だ。お前さんみたいな女を囲っているというだけで、俺の値打ちが上がる。いいか？　何不自由ない暮らしだぞ？　東京に戻ったって、お前さんの居場所はない。恋人の父親のものになった女の居場所なんてな」

その瞬間、洋子は佐久間の父親の手をはねのけ、立ち上がった。とっさのことだったので、佐久間の父親はその場に尻餅をついた。

そしてそのまま、部屋から外に駆け出した。

「ま、待て！」

制止の声を振り切って、洋子は廊下を走った。あの物置のような部屋に連れてこられた時、いつでも逃げ出せるように、屋敷の間取りは把握していた。それに夜ということもあって、屋敷の中は人気がなかった。

しかし洋子は、逃げ出すつもりなどなかった。

洋子はこの家の主の部屋に向かった。初めて来た時と、笹田を連れて行った時の二回、訪れたから場所は分かっていた。

部屋のふすまを勢いよく開けた。目的のものが、真っ先に目に入った。

洋子はGHQとの関係を誇示するように、誇らしげに飾られた日本刀を手に取った。そして鞘《さや》を抜き、今までいた場所に引き返した。

刀は重すぎることはなく、まるで元から自分の身体の一部だったかのように、洋子の手の中に柄《つか》が収まっていた。荒々しい洋子の足音を聞きつけた使用人たちがそこかしこから顔を出す。だが皆、洋子が持っている刀を見ると悲鳴を上げて逃げていった。

鬼のような形相の洋子が姿を現すと、佐久間の父親は絶叫を上げながら逃げまどった。洋子は逃がすものかと、刀を振り回しながら彼を追いかけた。

刀の切っ先が、逃げる佐久間の父親の背中を斬りつけた。うわあ、と無様な声を上げながら、彼は転倒し、

「助けてくれ！　誰かこの女を！」

と大きな声を張り上げた。たちまち使用人たちが集まってきた。洋子は絶叫しながら、刀を振り回したが、所詮子供が癇癪《かんしゃく》を起こしたようなもので、すぐさま洋子は男の使用人たちに取り押さえられた。

「おい！　押さえろ！」

佐久間の父親が叫んだ。背中を斬りつけたものの、切っ先が服を斬り裂いただけで、致命傷を与えるまでには至らなかったようだ。だが彼を逆上させるには十分だった。

使用人たちは勝手知ったる様子で、洋子をそこらにあった桐《きり》の衣装箱の上に仰向《あおむ》けに押さえつけた。洋子の視界いっぱいに天井が広がった。電球に照らされたクリーム色の天井を見つめると、そこに男の顔が映ったような気がした。今の洋子の心の反映だった。

それは笹田か、それとも憎い佐久間か。

だが次の瞬間、そこに佐久間の父親が現れ、洋子の首めがけて刀を振り下ろしてきた。洋子は息を飲み、とっさに刀を避けようとした。だが、押さえつけられているので上手く動けず、大きく顔を背けることしかできなかった。

「ギャッ！」

顔面で何かが爆発した。少なくとも洋子はそんなふうに思った。熱い！　顔が燃えている！　顔いっぱいを覆う気色の悪い感触も、洋子にそう錯覚させた。

自分の身に何が起こったのか分からなかった。爆発と同時に聞こえた獣のような叫び声が、自分の口から発せられたものであることすら。

熱さであると誤解した。だが実際は痛みだった。今の洋子には、その二つの感覚の違いが分からなかった。

目が見えなかった。顔中がどろどろしていた。血の臭いだ。その時洋子は、初めて顔を刀で斬られて出血したことに気付いた。だが目が見えないのは、決して大量の血が目の中に入ったからではない、ということまでには考えが至らなかった。

ただ、心の中では叫んでいた。

助けて。

私を助けて、笹田さん。

＊

彼は、本当は洋子の首を斬り落としてやろうと思った。だが年齢が年齢だから、思うように身体が動かない。その意味では、闇雲に刀を振り回していた洋子と、能力は互角だったと言える。

もちろん、使用人たちが洋子を押さえつけていただけ、圧倒的に彼の方が有利だった。

彼は仰向けに押さえられた洋子の顔面を突き刺そうとした。首を斬るのは技術が必要だろうが、突き刺すのは力任せにできそうだったからだ。だが洋子が顔を背けたので、狙いがそれて、刀の刃は、洋子の顔を真一文字に抉《えぐ》った。

泣き叫ぶ洋子を目前にし、彼は我に返った。もともと、小娘に自慢の日本刀で追い回されて、逆上しただけだった。だから、一太刀浴びせたら気が晴れたのだった。

彼は若い洋子の肉体を気に入っていた。何よりも東京の娘というのが良かった。最初に会った時から犯してやりたいと思っていた。ただ、息子の忠彦を死んだことにするという計画に必要だったから、手を出す訳にはいかなかった。

だが、あの笹田という記者は、こちらの考えている以上に有能だった。すべて明らかにしてしまった以上、もう東京に帰らせる訳にはいかない。計画は半分が失敗だったが、洋子や笹田は、あくまでも計画を補強させる保険に過ぎなかった。

警察はあの死体が忠彦のものであると微塵も疑っていない。犯人役として差し出した五郎は、他人の言いなりになることでしか生きられない男だ。仮に自我に目覚めて無罪を主張したとしても、今更なにを言っているのかと、警察は相手にしないだろう。

だから洋子や笹田がこの村で消えても、計画には何の差し障りもないのだ。

都会的で洗練された洋子の顔はこんなことになってしまったが、肉体の美しさは何も損なわれていない。せいぜい顔を見ないように、飽きるまで弄《もてあそ》んでやろう。捨てるのはそれからだって遅くはない。

明日、若い者が笹田を殺したと言っている場所に行く必要がある。嘘をついているはずはないと思うが、この目で死体を確認しなければならない。

奴さえ確実に死んだのなら、自分は枕を高くして眠れるのだから。

第五章

洋子は、佐久間の身代わりの死体が発見された、土蔵の地下室に運び込まれた。五郎が佐久間を殺した、ということで事件は解決したのだから、新たに現場検証などが行われる恐れはなかった。

傷は深く、洋子の二つの瞳を完全に切り裂いていた。傷を負わされた直後は、壮絶な痛みで意識ははっきりとしていたが、やがて朦朧《もうろう》としてきた。

佐久間の父親の息のかかった医者が、毎日のように土蔵に通い、洋子の治療に当たった。佐久間の代え玉の死体が本人だと警察に認められたのも、彼の偽装工作の賜物だった。ちゃんとした設備のある病院で治療した方がいい、との医者の忠告を、佐久間の父親は鼻で笑って却下した。もはや洋子は、この村の人々にとって、外部に存在を知られてはいけない女だった。

治療を十分に尽くせなかったせいで死んだとしても、仕方がないと佐久間の父親は思っていた。ただ、死なすのはまだ早い。慰み者として利用できるから。彼にとって洋子の生死とはせいぜいその程度の認識に過ぎなかった。

洋子は土蔵の地下で、傷の痛みと、高熱に苦しんだ。薬もろくに与えられず、傷を縫っただけの乱暴な治療だった。自分がもう二度と光を見ることができないと知らされたのは、熱が引いた一週間後だった。

治療に当たった医者は、洋子にその絶望的な宣告をした後、洋子を犯した。それが警察にも他の病院にも洋子の存在を告げず、たった一人で治療に当たった彼に対する報酬だった。洋子は泣き叫び土蔵の地下室を逃げまどったが、出口のない密室の中で、目の見えない少女を犯すことほど容易いことはなかった。

医者は、

「お前の傷を治してやったのに、何だその態度は！」

と叫び、洋子を殴った。治った傷が開きかけるほどの強力な一撃だった。

医者は日が落ちるまで土蔵の中にこもって、洋子を弄んだ。夜になると、傷が治るのを待ちわびていた佐久間の父親がやってきて、洋子を犯した。

洋子は犯されながら、冷静に佐久間の父親と医者との違いを分析していた。臭い、抱き方、体の形。あまりにも辛い現実を乗り越えるための、自分が体験していることを他人事のように感じてしまう、離人症の発現だった。

次の日から、医師がやって来ることはなかった。洋子が治ったから、佐久間の父親が手を出させないようにしたのだ。だから昼間は犯されずに済んだが、洋子にとっては何の気休めにもならなかった。

目の前に広がる暗闇には、昼も夜もなかった。たとえこの土蔵から解放されたとしても、自分はこの暗闇から一生逃れられないのだと思い、洋子は一人泣いた。

食事は日に三度、ちゃんと運ばれてきた。二週間、佐久間家に滞在していた時に出された食事より粗末なものだったが、洋子にそれを知る術はなかった。

誰も手助けしてくれなかったので、洋子は手探りで食べなければならなかった。洋子は毎回のように食事をこぼした。

「このガキはこんなに汚して！」

その声で、食事を持ってくるのが、この家に初めて来た時、洋子を監視した婆やであることを知った。

そんな待遇は長くは続かなかった。佐久間の父親は使用人たちに、洋子にもっとちゃんと丁寧に食事をとらせるように命じた。洋子のことを思ったからではなく、汚らしい女を抱くのは不愉快だったからだ。

まもなく、洋子を世話する人間が土蔵に招き入れられた。

志子だった。

彼女は来て早々、洋子が監禁された土蔵の地下室をぴかぴかになるまで掃除した。また屋敷の使用人たちに、洋子にもっとまともな食事を与えるように指示した。

それから人気のない夜に、洋子を外に出して、佐久間の屋敷の風呂に入れさせた。こうなって初めて、人間らしい扱いをされているようで、洋子は涙が出た。光が見えなくても涙は出るのが、唯一の慰めだった。

「泣いたらだめよ」

と志子は言った。

「これからあなたは、こういうことを全部自分一人でやらなきゃいけないんだから」

その志子の言葉は、いつか自分もこういう境遇から解放されるんだという希望となって胸に響いた。この人は、やはり私の味方なのかもしれない、と思った。

また志子がいない時、ふと、あの婆やの声が聞こえた。

「後家の分際で何私たちに指図してるんだい」

洋子の扱いについて、使用人たちに命令する志子に対する陰口だった。敵の敵は味方だ。そのこともあって、洋子は、まだ志子には自分を哀れんでくれる気持ちがあるんだ、と考えた。

だが違った。志子こそが、悪魔だった。

「笹田さんは、本当に、死んだんですか?」

佐久間の父親の話だと、彼も笹田の死体を見ていないのだ。洋子をはぐらかすために適当なことを言っている可能性もある。

志子は小さくため息をついた。

「死んだって聞いたわ」

そう言った。

「でも、あなたは大丈夫よ。地主さんのお気に入りなんだから」

「嘘」

と洋子は言った。

「笹田さんは、死んでない」

「どうして?」

「あなたも、あいつも、笹田さんの死体を見ていない」

「あいつ?　地主さんのこと?　私にならいいけど、他の人にそんな言い方しないほうがいいわね。すぐに告げ口されるわ」

そんなことはどうでも良かった。

若い衆が逃げようとした笹田を殺して埋めた。そう洋子は聞いている。

「死体を掘り返さないと、笹田さんが死んだかどうか分からない」

「私は知らないけど、たぶん、掘り返して確かめたんでしょう。だって、あの人を生かしておいたら、地主さんの命取りよ。あなたのことも、この村で起こっていることも、みんな明るみに出てしまう」

洋子は、

「どうして、はっきり言ってくれないんですか?」

と言った。

「どういうこと?」

「あいつが笹田さんの生死を知っているのなら、志子さんも知っているはずです」

「どうしてそういうことになるのよ?」

嘲るように志子は言った。

「だって、志子さんはあいつに信頼されているんでしょう? 私の世話をしているぐらいだから。私に関係することで、あいつが知っていて志子さんが知らないことがあるなんて信じられない」

暫く志子は黙った。

そして言った。

「あなたは地主さんのお気に入りよ。あなたに何かあったら、私が叱られる。目が見えないから自殺は無理だろうから考え過ぎかもしれないけど。まさか舌を嚙み切りはしないわよね？　嘘でも、騙されていたとしても、その方が幸せなことがあるのよ。あの記者がいつか助けに来てくれると信じていた方が、あなたにとっても幸せでしょう？」

洋子は訊いた。

「笹田さんの死体を見たんですか？」

「見たわ」

と志子は言った。

「あなた、東京に帰っても居場所がないんでしょう？　それにその目。悪いことは言わない。ずっとここにいなさい。地主さんが一生面倒見てくれるから。あの記者は地主さんに逆らった。だからああなったの。当然の報いよ」

洋子は、

「志子さんは、私がこうなったのも報いだと思う？」

と訊いた。

志子は暫く黙った後、

「思うわ」

と答えた。

その志子の言葉がぐるぐると頭を回った。私の何が悪かったのだろう。笹田さんに手紙を出したことだろうか。それとも、佐久間や良美のいいなりになってこの村に来たことだろうか。そもそも佐久間を好きになってしまったことだろうか。志子が土蔵を出て行った後も、その疑問は脳裏をぐるぐると渦《うず》巻いていた。

やがて洋子は絶望の縁に沈んだ。ここから逃げ出したいという気持ちはもちろんあった。だが志子の言う通り、東京に帰る場所はないし、帰ったとしても、この目でたった一人どうやって生きていけばいいのか。それに、あんな汚らしい佐久間の父親に純潔を奪われたという事実は、一生心の傷になると思った。

そんな苦しみを抱えて生きるなら、いっそ。

洋子は自殺しようと考えた。だが光を失った洋子は、自ら命を絶つのも困難だった。志子が言っていた舌を噛み切る方法も試してみた。だがあまりにも恐ろしく、結局断念した。世の中にこんな方法で自殺をする人間がいるなんて信じられなかった。

結局、洋子がとった自殺の方法は、断食だった。何も口にしなければ、いずれ死ぬだろう、という、ある意味安易な考えだった。

志子が食事を洋子の口に運んでも、洋子は堅く閉じた口を決して開かなかった。洋子の

意図を悟ったのか、志子は、

「ああ、そう。じゃあ好きにするといいわ！」

と捨て台詞を吐いて土蔵を後にした。ふてくされているだけだ、と思っただろうが、次の食事も、その次の食事も口にしなかったので、志子は洋子の本気を悟ったようだった。

志子が大勢の若い男たちを引き連れて土蔵に現れたのは、洋子の断食がまる三日続いてからだった。

「こんなことをして悪いわね。あなたを餓死させる訳にはいかないのよ」

男たちが洋子を羽交《はが》い締めして、土蔵の床に仰向けに押さえつけた。そしてむりやり口を開かせて、水や、ドロドロのおかゆを流し込んだ。こんなことをされるぐらいなら、ちゃんと食事を取る！　と訴えたかったが、次から次に喉に食べ物が流し込まれるので、言葉を発することもままならなかった。

気管に食べ物が入り、洋子はそれを吐き出しながら激しくむせた。だが男たちはおかまいなしだった。あまりの苦しさに洋子は暴れ、太股《ふともも》が露《あら》わになり、胸元がはだけ乳房が覗いた。男たちは、その洋子の肉体に眼が釘付《くぎづ》けになっていた。

一人の男が、請うように志子を見上げた。洋子は地主の所有物だったが、実質は志子が管理していることは村人全員の認識だった。

志子は頷いた。

「いいわ」

男たちは洋子の口に食べ物を流し込みながら、順番に洋子を犯した。この世の中に、こんな苦痛があるとは想像すらしなかった。洋子は何度も意識を失ったが、そのたびに顔を叩かれて、無理矢理目覚めさせられた。

男たちは、まるで餌にまみれた洋子に群がる獣のようだった。その浅ましい光景を眺めながら、志子は一人ほくそ笑んだ。

その夜、洋子は土蔵の中で一晩中泣き叫び、一睡もしなかった。

翌日から洋子は大人しくなった。志子が運んできた食事も、抵抗せずに食べた。

「そう、それでいいのよ」

志子は、まるで自分の調教が成功したかのように、満足げに頷いた。

志子が毎日掃除をしているせいで、洋子が暮らす土蔵は清潔に保たれていた。だがある日から、志子はそこに花瓶を持ち込み、毎日花を生けるようになった。目の見えない自分に対する厭みだろうか、と思った。だが花の匂いは、絶望に自暴自棄になっていた洋子の心を安らがせた。

また志子は洋子の服装にも気を使った。洋服が多かったが、たまに着物を着せられた。

「とても奇麗よ」

と志子は言った。もちろん目が見えないのだから、自分がどんな服を着せられているのかは分からない。ただ布の匂いや、質感で、それが上物であることは分かった。志子が奇麗と言うのも、あながちお世辞ではないだろう。

この頃になると、さすがの洋子も、志子が何の目的もなく、土蔵を飾ったり、洋子に高価な服を着させる訳がない、ということは理解できた。ただ、食べ物まみれの汚らしい格好でいるより、着心地の良い服を着ている方がよほどマシだった。

ある日、志子は洋子に目隠しをした。まるで鉢巻《はちまき》のような細い布のようなもので目を覆い、後頭部で縛ったのだ。何故そんなことをするのか、まったく分からなかった。目隠しなどせずとも、もう自分は何も見えないのに。

その夜、二人の人物が土蔵の中に入ってきた。一人は志子だった。だがもう一人はまるで知らない人間の気配がした。佐久間の父親や医者のような中年の匂いでも、洋子を犯した若者たちの獣のような匂いとも違う。コロンのような上品な匂いだった。

「ごゆっくり」

と言って志子は土蔵から出て行った。ああ、だから花瓶に花を生け、奇麗な服を着せたんだな、と洋子は思った。何となく予想はしていたから、今更絶望しなかった。しかし、洋子にした目隠しは、男から洋子の傷ついた顔を隠すためだとは思いもよらなかった。

男は落ち着いた声で、洋子に話しかけてきた。だが洋子はほとんど聞いていなかった。会話をして、人間扱いすれば、犯す罪悪感が薄れると思っているのか。

志子の客であろう見知らぬ男に犯されても、もう絶望したりはしなかった。そんな気持ちは、もうとっくに使い果たしてしまったからだ。むしろ、乱暴でないし、匂いも前の男たちに比べればずっとマシだった。

耐えられなかったのは、目隠しを外された時のことだった。客のために自分の醜い顔を隠そうとしたのは志子だし、そもそも洋子は自分の顔が醜いかどうかすらも分からなかった。目隠しなどしようが、しまいが、男に犯されるのは同じだった。

「可哀想に」

などと言って、男は洋子の顔の傷に触れた。吐き気がした。私が可哀想なのは、あんたに言われなくても分かっている、と思った。

洋子は思わず男の手をはねのけ、

「偽善者」

とつぶやいた。そんな台詞、普段だったらとても言えなかったろう。だが、相手の顔が見えないせいもあるのか、思った言葉がそのまま口をついて出た。

男は洋子の言葉に絶句したのか、しばらく黙りこくっていた。やがて目隠しを洋子に乱暴に投げつけ、結局それっきり一言も口を利かずに土蔵を後にした。

その少し後、志子がやってきた。

「あなた、何をしたの?」

と洋子を問い詰めるように訊いた。

「失礼なことを言ったんじゃないの?」

洋子は答えなかった。

「そういう態度をとると、あなたが困ることになるのよ。まさか、毎日あなたにタダ飯を食べさせていると思っている訳じゃないでしょうね?」

志子は金を取って、洋子を男たちに抱かせていた。そのほとんどを自分の懐に入れているのは間違いなかった。

針金の売買などと嘘をついて、志子は頻繁に出かけていた。村の外で体を売っていたのだろう。その時、知り合った男たちを村に連れてくるのだ。洋子を抱かせるために。

「じゃあ、自分でやればいいのに」

男に偽善者と言った時のように、すらすらと言葉が出た。

「元々、志子さんのお客でしょう?」

「生意気言ってんじゃないわよ!」

志子の平手が、洋子の頬を張った。今まで受けた攻め苛みに比べれば、まるで大した痛みではなかった。しかし、耐え難い苦痛には違いなかった。

志子が自分の味方であるという可能性は、たとえそれがほんの一パーセントでも、あると思っていた。しかしそんな僅かな希望ですら、打ち砕かれたと知ったからだ。

「あんたがずっと嫌いだったわ。偉そうに東京の匂いを振りまいて、私を田舎者だってバカにして——」

そんなつもりはなかったから、洋子は驚いた。志子は自分にコンプレックスを抱いていたのか。針金の売買なんて嘘をついたのも、その劣等感の表れだったのかもしれない。

「あなたはあの記者と一緒に、東京に帰るはずだったのよ。なのに戻ってきた。ならこうするしかないじゃない。でも、あなたには感謝しているのよ。こうやってお金を稼いでくれるし、私を後家、後家、って馬鹿にする、あの生意気な子供も殺してくれた」

平太のことを言われると、志子に対する恨み辛みも、幼い子の人生を奪ってしまったという罪悪感で塗りつぶされて、何も反抗できなくなった。自分は殺していない。でも自分のせいで死んだのは事実なのだ。

この日以来、志子は反抗する洋子を押さえつける時には、必ず平太の名前を出した。それはまるで馬を叩く鞭《むち》のように、洋子に効いた。

志子が洋子に客を取らせるようになっても、佐久間の父親は変わらず土蔵を訪れ、洋子を犯した。

一度、あなたは自分の女がこんなにもいろんな男に犯されて平気なのか、と彼に訊いた。すると佐久間の父親は笑ってこう答えた。

「そりゃ、いい気持ちはしない。でも稼いだ金は、後家と俺とで折半の約束だ。俺はせめて六割、いや七割はもらわんと割にあわないと言ったんだが、客をこの村に連れてきてもてなすのは後家の仕事だしな。俺は何もしなくても金が入ってくるんだから、半々で妥当だとぬかしやがった。まったくあの後家は商売が上手い」

と満更でもなさそうに彼は言った。

自分の女という認識もないのだ。

誰に抱かれようと、どんなに犯されようと、飽きたら捨てるだけの玩具に過ぎないのだから。

志子はひっきりなしに土蔵に男を連れてきた。なるほどこのペースだったら、たとえ折半でも佐久間の父親は、それなりの金を得ることが想像できた。

洋子は、若く、美しく、そしてその身体は既に大人として成熟していた。目が見えないことも男たちの獣欲をそそった。抵抗されても、目の見えない女だから容易く組み伏せられる。また場所は地下室という密閉空間だから、そもそも逃げ出すことも不可能だ。

洋子の決して成功しない抵抗は、むしろ一部の男たちにとっては女の身体を味わう上でのスパイスとして好まれた。自分の外見にコンプレックスを持っている男にとって、正に目の見えない洋子は相手として打ってつけだった。金で女を買うことに重い罪悪感を抱いている男も、自分の顔は相手には分からないとなると、その重い後ろめたさを綿のように軽くして、洋子を犯した。

土蔵に東京から来た女が飼われているという事実は、村の公然の秘密だった。土蔵の鍵は地主や志子が管理しているが、使用人たちが合い鍵を作る機会はいくらでもあった。

洋子が絶食を決意した時に、洋子を犯した男たちは、それを勲章のように他の男たちに言いふらしていた。彼らは地主を恐れて目立った行動をしていなかったが、ついに我慢できなくなり、夜中に土蔵に出向き、眠っていた洋子を叩き起こして、順番に犯した。

誰も何も言わず、誰が自分を犯しているのかも知らず、この苦痛が何人分続くのかも分からないまま犯されるのは、壮絶な恐怖だった。

志子にとって、自分を通さず洋子を抱く男がいるのは許し難い事態に違いない。だが翌日、土蔵にやってきた志子に被害を訴えても、

「誰にやられたか分からない以上、どうしようもないわ」

とにべもない返事だった。どうやら洋子が志子を困らせるために嘘をついていると思っているようだった。

使用人たちは、それからたびたび土蔵に忍び込んで、洋子を犯した。それだけでは飽きたらず、金をとって村の男たちに洋子を抱かせた。この村に住む男たちは、洋子が村を出歩くたびに獣のような目で彼女を見ていた。洋子を犯したいと思わない男は一人もいなかった。志子の客のような財力はとてもなかったので、信じられないぐらい安い値段で、彼らは洋子を陵辱した。

噂は村中に広まり、次から次に男たちが土蔵にやってきた。洋子は昼も夜もなく犯され続け、眠る暇もなかった。

女たちは、もちろん男たちが洋子に夢中であることが面白くなかった。だがそれ以上に、東京からやってきたいけ好かない娘が、皆の慰み者になっているのが痛快だった。ざまあみろ、私たちを田舎者だと思って馬鹿にしているからこうなるのだ、などと口汚く噂をした。

その女たちの噂を耳にした子供たちは、佐久間の屋敷の庭に入り込み、土蔵を取り囲んで、慰み女！　慰み女！　と洋子をはやし立て、節を付けて歌った。密閉された土蔵の地下室でも空気口はあるから、子供たちの歌声は耳に入ってきた。洋子は耳をふさぎ、自分は息をしているだけの人形だと言い聞かせた。自我があるから辛いのだと。何も考えなければ、何も辛くないのだ。

その頃になると、さすがの志子も、村の男たちが勝手に洋子を抱いていることに気付いていた。もちろん由々《ゆゆ》しき事態だったが、自分一人で土蔵を監視する訳にはいかない。それに下手に連中を敵に回して、自分も洋子のように犯される立場に回るのはまっぴらごめんだった。

村の外から客を運んでくるコネクションは、既に志子が築いていた。それさえ維持できていれば洋子が誰に犯されようと問題ないと、志子は黙認していた。

洋子は土蔵の中で、何も考えない日々を送った。過去も未来も、東京も青森も、関係なかった。今ここにある、何も考えない自分がすべてなのだと。男に犯されない時間、洋子は立てた膝に顔を埋《うず》め、思考しないように過ごした。その時間だけが唯一の癒しだった。

そうして過ごしている、ある時、ふと洋子の耳に誰かの声が聞こえてきた。

「——浜野さん」

洋子はゆっくりと顔を上げた。

何も聞こえなかった。

ここには誰もいるはずがないのだ。眠っている時に入ってこられたら別だが、引き戸を開ける時に、どうしたって音を立ててしまうのだ。気付かないはずはない。

気のせいかと洋子はうつむいた。するとまた声が聞こえた。

「浜野さん」

洋子は、はっとして再び顔を上げた。先ほどよりも声ははっきり聞こえた。

「誰？」

洋子は問いかけた。

「誰かいるの？」

すると信じられない答えが返ってきた。

「僕だ。笹田だ」

あまりの衝撃に、洋子の頭は真っ白になった。

「本当？　本当に笹田さん？」

「ああ」

洋子は号泣しながら立ち上がった。何も考えないようにこの部屋で生きてきた。それが一番楽だから。でも違った。感情を殺すことなど、人間にはできはしない。笹田の声を聞いて、洋子はそれをまざまざと思い知った。

「どこ？　どこにいるの？」

感情が堰を切ったようにあふれ、洋子は必死に笹田を探した。

「こっちだ！　ここにいる！」

手探りで声のする方に向かった。するとそこは部屋の隅の天井近くに設けられた、外の換気口と繋がっている小さな格子《こうし》だった。

笹田は土蔵の外にいるんだ！　洋子は背伸びして、格子に目一杯顔を近づけて、笹田に呼びかけた。

「笹田さん！」

「大丈夫か？」

洋子は、大丈夫、と答えた。本当はとても大丈夫などと言える状態ではなかったが、笹田との再会が、洋子の失われた希望を取り戻させた。何もかも失った自分にとって、笹田が生きているというだけで十分だった。

「死んだと思った。佐久間の父親とあの女が、あなたが村の若い連中に殺されたって言っていたから」

「志子がそう言ったのか？　たぶん、君を絶望させるために嘘をついたんだろう。正直言って殺されかけた。でも隙をついてその場から逃げ出したんだ。失敗したことを知られたくなかったあいつらは、佐久間の父親に、言われた通り僕を殺したと嘘をついたんだ。その分、身を潜める時間が稼げた」

「――良かった。――本当に良かった」

洋子は泣いた。自分の味方が、たった一人であってもこの村にいるという事実は、洋子にとって何にも代え難い希望だった。

「できることなら、君をここから助け出してあげたい。でも土蔵の鍵は厳重に管理されていて、どうしても手が出せないんだ」

「笹田さん。早く逃げて。見つかったら、今度こそ殺される」

「いや、大湊の駅には地主の手が回っている。あいつら、僕が逃げたことに気付いたんだ。駅に姿を現したら、すぐにこの村に連絡が来るだろう。こうなった以上、連中は僕らを何としてでも東京に帰さない気だ」

「――ごめんなさい」

「どうして謝るんだ?」

「私があんな手紙を書かなかったら、笹田さんがこの村に来ることもなかった。私一人がこんな目に遭うだけで済んだ」

「馬鹿言っちゃいけない。君がこんな目に遭う謂れは何もないんだよ。いいか？　希望を捨てちゃいけない。いつかきっと、助けが来るから」

「助けなんかいらない！」

洋子は叫んだ。

「こんなに目茶苦茶にされたんだよ？　私、もうまともに生きられない。ここで死んだ方がいい！」

そう言って洋子は泣いた。何十人もの男たちに汚されて、光すら奪われた。仮にここから助け出されて、東京に帰れたとしても、待っているのは絶望だ。

「そんなことは言うな」

と笹田は、優しく言った。

「僕はある村人に匿われている。君には信じられないかもしれないけど、この村には地主の横暴に辟易《へきえき》している人もいるんだよ。その人と君を助ける計画を練っている。それは必ず上手くいく。今すぐに助けてあげられなくて本当にすまない。でも、耐えて、待っていて欲しい」

「本当？　私、助かるの？」

「ああ。だから、諦めちゃいけない。絶対に、諦めちゃいけないんだ」

洋子は何度も何度も頷いた。そうだ。私はもう生きていけないかもしれない。でも死ぬ前にまだやることがある。私を騙して、こんな目に遭わせた佐久間と良美に復讐するのだ。そのために、この汚れ切った命をもう少しだけ長らえさせるのは、そう悪いことではないかもしれない。

「笹田さん。早く帰って。匿ってくれる人がいるのなら、その人の家に隠れて。外に出ると、見つかってしまうかもしれない」

今や笹田だけが洋子の生きる希望だった。もし彼の身に何かあったら、自分はもう生きてはいけない。

その日、笹田が帰ってから、また洋子は二、三人の男に犯された。もしかしたら四、五人だったのかもしれない。洋子にとって男と言えば自分を犯す存在であって、それが一人であろうが百人であろうが同じことだった。

でも笹田は違った。

それから笹田は毎日、土蔵を訪れた。一回の時間は数分程度だったが、それでも一日も欠かさず換気口から洋子に呼びかけ、様子を尋ねた。洋子はもう来なくていいと笹田に訴えた。だが笹田は聞く耳を持たなかった。そして洋子も、笹田と語らえる一日のほんの数分間を待ち望むようになった。

地獄のようなこの空間にあって、それは唯一の安らぎの時間だった。

ある日、笹田は言った。

「もうすぐだ。もうすぐ、すべてが終わる。すべてが良くなる」

「本当?」

「ああ、そして東京に帰ろう」

「――嬉しい」

洋子は、笹田と再会してから何度目かの喜びの涙を流した。そして、近いうちにこの土蔵から出られると信じられるようになった。それはもはや信仰と言っても良かった。

そしてそれは、その通りになった。

第六章

その日も、志子は土蔵に客を連れてきた。

「お気をつけて降りてください」

先に梯子を降りた志子は、そう言って客を招き入れた。洋子が暮らす土蔵に降り立った今夜の客は、

「これは別嬪《べっぴん》さんだ」

などと言った。少し意外だった。とても若そうな男の声だったからだ。評判が広がり、洋子を抱きたがる者が増えると、志子は料金を釣り上げた。だから最近志子が連れてくる客は、それなりに仕事で成功した中年以上の男たちばかりだった。

この客も、どうせ佐久間のようにＧＨＱに協力して、若くして成り上がったのだろう。年寄りだろうが、若者だろうが、洋子を犯すことには何ら変わりはない。

「では、ごゆっくり」

そう言って志子は土蔵から出て行った。若い男はしばらく黙っていた。自分の姿を舐《な》め回すように厭らしく見つめてから、犯す気なのだ、と洋子は思った。

「顔の傷を見てもいいかい？」

と男は言った。洋子は返事をしなかった。

男はゆっくり洋子に近付き、恐る恐るといったふうに顔に手をやった。洋子が抵抗しないと悟ると、男は手を洋子の後頭部に回し、目隠しの結び目をほどいた。

露わになった洋子の顔の傷を見つめ、男は、

「可哀想に」

と小さな声で言った。

「偽善者」

と洋子はあの時のように答えた。若い男は、洋子のその言葉を聞いても態度を変えなかった。それどころか、奇妙なことを言い出した。

「一時間経ったら、俺はここから出て行きます。いいですか。あの女にはいつも通りでいてください。俺が何もしなかったなんて、言わなくてもいいですから。とにかく、普段のままでいてください。いいですね」

くどいほど念を押して男は言った。だが言っている意味が分からず、洋子は傷ついた何も映らない瞳で男を見据えた。

男は洋子の身体に手を伸ばした。何もしないんじゃなかったのか、と思わず身構えた。

「じっとして」

男は洋子の服を少しだけ乱した。ブラウスのボタンを一つだけ外し、わざとスカートに皺をつける。髪の毛もいじってきた。どうやら服を一度脱いだふうに志子に思わせたい様子だった。

はっとした。

「笹田さんの使いの人？」

と洋子は訊いた。

「え？」

と男はつぶやいた。洋子の質問の意味が分からないらしかった。余計なことを言ってしまったかもしれない、と洋子は思った。もしこの男が逃げた笹田を炙《あぶ》り出すために、志子が送り込んだスパイだったとしたら。

でもそうだとしたら、笹田の名前をまったく知らないのはおかしかった。とにかく洋子は口をつぐみ、余計なことは決して言わないようにした。

一時間後、結局、男は洋子の服を乱した以外は、彼女に指一本触れずに土蔵を出て行った。迎えに来た志子は洋子の方をちらりとも見なかったので、男が洋子の服に施した繊細な工作は、あまり意味を持たなかったようだった。

男に言われた通り、洋子は普段のまま待っていた。やがて夜も更け、換気口から笹田の声が聞こえてきた。

「あと少しだ。あと少しですべてが終わる」

笹田さん、と呼びかけたかった。でも、声が出なかった。

何かが始まる気配を感じた。

やがて、上げ蓋が開けられ、引き戸が静かに引かれた。

何人もの人間が梯子を降りてきた。目が見えなくても、いつもの男たちだと分かった。

男たちは乱暴に洋子を押し倒した。

洋子は言った。

「あんたたちなんか怖くない」

「あ?」

男の一人が声を出した。自分が誰だか特定されたくないから、村の男たちは声も出さずに洋子を犯すのが常だった。卑怯《ひきょう》で臆病者の鬼畜のような男ども。

「もうすぐ。もうすぐ、すべてが終わる」

「なにがだ?」

普段と洋子の様子があまりにも違うからだろう、黙って犯すという鉄則を破って、男の一人が洋子に問い質した。

「あんたたちがよ」

と洋子は答えた。

男たちは一時、行動を止めた。だがすぐに洋子が錯乱して意味のない言葉をつぶやいているだけだと思ったのか、洋子の服に手をかけ彼女を犯そうとした。

その時、また上げ蓋と引き戸が開く音がした。だが、先ほどまでとは違い、乱暴な開け方だった。今までこの土蔵に入ってくる人間で、こんなふうな開け方をした者はいなかった。もの凄い怒鳴り声とともに、沢山の男たちが梯子を降りてくる。声だけで今までこの村にはいなかった種類の男たちであることは分かった。

洋子を犯そうとした男たちが殴られ、許しを請いながら泣き叫んでいる声が響き渡った。何が起こっているのか分からず、洋子は部屋の隅で震えていた。

やがて一人の男が、洋子の前に立ち、言った。

「こちらです」

と。

その声は、さっき志子に案内されてここに来たのに、洋子を抱かずに立ち去った、あの男のものだった。

その男の後ろから、もう一人別の人物が現れて、膝を落として同じ目線で洋子を見つめた。ほんの微かに顔に息がかかったので、それが分かった。

そしてポマードの匂い。

「洋子」

とその人物は言った。洋子は弾かれたように彼に抱きついた。

「お父さん！」

父の胸の中で、洋子は泣いた。この村に来てから感じたすべての葛藤《かっとう》を吐き出さんばかりの勢いで泣き続けた。

「見せてみろ。顔を良く見せてみろ」

父は俯いている洋子の顎をつかんで、顔を無理矢理上げさせた。こんな顔を父に見せたくなかったから必死に顔を背けたが、それでも父の力には敵わない。

「可哀想に。こんなになってしまって」

と父は言った。そんな言葉を言わせたことが申し訳なく、洋子はまた激しく泣いた。ただ、これでもう自分は助かったのだ、ということは朧気ながらに理解した。

「笹田さんが呼んでくれたのね」

「何？」

「笹田さん、どこかに匿われているの。お願い。探して」

洋子は泣きながら、途切れ途切れに父に訴えた。分かった、ああ、分かったよ、と父は洋子をまるで幼児のようにあやした。

洋子は父親に土蔵から連れ出された。あちこちから父が連れてきた若い衆の怒鳴り声が聞こえてきた。

父と共に佐久間の屋敷に向かった。使用人たちは突然の父たちの襲来に逃げまどっていた。目が見えなくても、声で分かった。

佐久間の父親の部屋に行くと、彼がうめき声をあげていた。今までずっとリンチにあっていたのだろう。

「娘の目をこんなふうにしたのはお前か？」

と父は冷徹な声で言った。佐久間の父親は何か言った。その声はあまりにも小さく、洋子の耳には届かなかった。

「もっと大きな声で喋れ！」

耳をつんざくような父の怒声が響き渡った。

「その女が、俺を殺そうとしたんだ。仕方がなかったんだ」

歯が折れているのか、まるで声は明瞭ではなかったが、かろうじてそう聞き取れた。

「殺されるようなことをしたからじゃないのか！」

そうだ。この男は、汚い手で私の体中をまさぐり、純潔を奪った。佐久間に捧げると思っていたものを。今ではそれはすべて間違いだったと分かるが、とにかく私にはこの男を憎む権利がある。

「これで娘の目をつぶしたのか？　あ？」

父が板の間の日本刀を手に取った。父の声と物音で、それが分かった。

次の瞬間、佐久間の父親の絶叫が響きわたった。強烈な血の匂いも。

「これが娘を撫で回した手か？」

その言葉で右手だか左手だか分からないが、佐久間の父親の腕が斬り落とされたと分かった。彼は泣き喚きながら、断続的に、許してください、ごめんなさい、と洋子と父に訴え続ける。

「許して欲しいか？」

と父は訊いた。はい、はい、とみっともない命乞いが洋子の耳を打つ。

「じゃあ、死ね！」

佐久間の父親の声が途切れた瞬間、ごろん、と何かが転がる音が聞こえた。

そして父は宣告した。

「娘をなぶった野郎どもを一人残らず集めろ！」

洋子は必死に父にすがりついた。

「お願い。笹田さんを探して。それで笹田さんを匿ってくれた人は許してあげて」

父は洋子の肩を優しく抱いた。

「大丈夫だ。お前は何も心配しなくていい」


それから洋子の父は若い衆に命じて、村の住人たちを、男も女も子供も問わず土蔵に連行した。抵抗する者たちは容赦なく殺した。

村のそこかしこから、悲鳴と絶叫が響き渡った。洋子は佐久間家の庭に座り込んで、それを音楽のように聴いていた。土蔵に監禁されていた間もこんなふうに座っていたが、心は比べものにならないくらい穏やかだった。

ただ笹田のことが気がかりだった。自分を犯した男と勘違いされて斬り殺されなければよいのだが、と案じた。監禁されていた時は、笹田の声が唯一の慰めだった。あの声をまた聞きたい、と洋子は思った。

夜が明ける頃、土蔵には村のほとんど全員が押し込められていた。連行する際にかなりの人数を殺し、もともとあった葛籠や農具をすべて外に出しても、土蔵の中は立錐《りっすい》の余地もなかった。

村人たちは洋子が監禁されていた地下室にまで押し込められ、その多くが圧死した。

最後に土蔵に連れて来られたのは、志子だった。

洋子の父は志子に訊いた。

「お前の客は、この村の中にはいないんだな」

「いないわ」

と志子は端的に、堂々と答えた。決して命乞いなどしない、という意志が言葉から滲《にじ》み出ていた。そう、それがあなたらしい、と洋子は思う。

「客のリストは?」

その質問に、志子は頑として口を割らなかった。殴りつけても、この場で犯すぞ、と恫《どう》喝《かつ》しても堅く貝のように口を閉ざしていた。

やがて、若い者が父の元にやって来た。

「この女の家を探して、見つけました」

紙をめくるその音から察するに、どうやら帳面のようなものらしい。

「ここに書かれている男たちが、お前の客か?」

「だったら、どうなの?」

志子は観念したように言った。

「いや、お前らだけを懲《こ》らしめても不公平だからな」

そう言って、父は洋子を呼び寄せた。洋子はおもむろに土蔵に押し込められた村人たちの前に立った。

目の前に志子がいることは、気配で分かった。

「どうしたい？」

と父は言った。

「こいつらはお前の敵だ。お前の望むようにする。生かすも殺すも、お前次第だ」

泣き叫んでいた村人たちも、今は息を飲んで洋子の言動を見守っていた。洋子は、彼らを見渡した。何も見えなくても、彼らの運命は自分のものであるということは分かった。

ふと有楽町で良美と観た『子鹿物語』が脳裏を過った。あの少年と同じ決断を、自分も今しなければならないのだ、と思った。

洋子は志子に頭を下げて、

「お世話になりました。私、今度こそ東京に帰ります」

と言った。土蔵の中に張り詰めていた緊張の糸が、僅かに緩んだのを確かに感じた。

それから父に向かって、

「全員、焼き殺して。生きたまま」

と言った。その洋子の宣告で、村人たちは一層酷く泣き叫んだ。

その中にあって一人、熱い、熱い、と譫言のように繰り返しながら、へらへらと笑っている男がいた。首の火傷が痛々しい郷田だった。志子がどんな顔をしているのか分からないのが、唯一の心残りだった。

若い者たちは、村中から集めた油を土蔵の中に撒き散らした。村人たちは逃げまどい、それでまた何人か圧死した。外に出ようとする者は、容赦なくあの日本刀や、持参したドスで斬り殺された。

充分に油を撒いた後、父は火のついたマッチを土蔵の中に放った。村人たちの絶叫の直後、ボッ、と音を立てて炎が燃え上がった。

それを確認して、父は土蔵の扉を閉めて鍵をかけた。

「さあ、洋子。東京に帰ろう」

洋子は、父に寄り添いながら、うん、と頷いた。

土蔵の中から、生きたまま焼かれてゆく、志子の、郷田の、医者の、婆やの、使用人たちの、洋子を犯した男たちの、それを煽《あお》り立てた女たちの、洋子を慰み女と冷やかした子供たちの、阿鼻叫喚が聞こえてきた。それは一つに混ざり合い、まるで肉体をもった生き物のように、夜の村に響き渡った。

まるで猫の鳴き声のようだと思った。

目さえ無事なら、土蔵を焼き尽くす緋《ひ》色の炎が、きっと猫のシルエットのように見えただろう。

その真っ赤な、緋《あか》い猫の咆哮《ほうこう》を聞きながら、洋子はほくそ笑んだ。

「これで終わりじゃないからな」

と志子の家から手に入れた帳面をかざし、父は言った。

「ここに載っている奴らを、一人残らずぶち殺してくれる」

そのことに関しては、洋子は何も心配していなかった。父は必ずやるだろう。何しろ、あの浜野組の社長なのだから。

「お父さん」

「何だ?」

「あと二人、殺して欲しい人間がいるの。東京に帰ったら、若い連中に良美を襲わせて。できるだけ大勢に犯させてから、苦しませて殺して。あと一人は――」

「分かっている。お前を騙した佐久間という男だな。一生かかってでも、地の果てまで追いつめて、殺す。お前のために」

洋子は頷いた。

浜野組の社長の父は、必ずやるだろう。

「笹田さんは見つかったの?」

と父に訊いた。

父はすぐに返事をしなかった。

「お父さん?」

「お前のことを探っていた記者だろう? 大丈夫、俺に任せろ。お前は何も心配する必要はないんだ」

佐久間の家の前に沢山の車が停まっていた。そのうちの一台に、洋子は父と乗り込んだ。この村は私を変えた。視力を失ったという以上に、別の女に変えたのだ。もう以前の、無邪気な自分には二度と戻れないだろう。そう洋子は思う。

以前も同じことを思った気がしたが、それがいつだったか洋子は思い出せない。

そして後部座席の扉が閉まる瞬間、彼女は聞いた。

笹田の声を。

「待って!」

その声でハンドルを握った若い衆はアクセルから足を離した。

「どうした？」

と父が訊く。

「外に笹田さんがいるのよ！」

「え？」

戸惑いながら父は後部座席のドアを開けた。すると笹田は嬉しそうに駆け寄ってきて、車に乗り込み洋子の隣に座った。

「笹田さん！」

洋子は笹田を抱きしめた。笹田の温もりを感じた。土蔵に監禁されている間中、ずっとこの声に励まされたのだ。欠けたものが埋まった充足感を、洋子は心の底から味わった。

「笹田さんの言った通りになった！」

「ああ、そうだよ。これで全部良くなる」

洋子は何度も頷き、歓喜の涙を流した。


そして二人は東京に戻り、いつまでも幸福に暮らしました。

＊

浜野組の社長の浜野は、行方不明の娘の洋子を探し回っていた。そんな折り、青森県のある村で、殺人事件の第一発見者として娘が発見されたという一報が入った。そんなところにいたのかと浜野は驚き、使いの者を村に向わせた。

だが洋子はいなかった。村人によると、週刊誌の記者と共に村を出て行ったという。家を出て一人で青森まで向かうような娘だ。あちこち日本を放浪して、もしかしたら一生見つからないかもしれない、と絶望に震えるばかりで、まさか村人たちがグルになって洋子を匿っているとは夢にも思わなかったのだ。

洋子を探す手がかりはあった。一緒に村を出たという週刊Gの笹田だ。記者だからあちこち飛び回っているだろうが、行動は逐一、社に連絡しているはずだ。きっと娘がどこに行ったか知っているだろう。

しかし、週刊Gの編集部に問い合わせると、笹田は青森に行って以来、いっさいの連絡を絶っているという。

その時になって、浜野もようやく、洋子と笹田が一緒に村を出たという話は嘘なのでは、と考え始めた。つまり二人はまだあの村にいる。

浜野が直接村に出向くとどうしても目立つので、若い衆を何人か探りに行かせた。殺人事件が起きてまだ間もなかったので、村人たちも彼らを刑事だと思って、特に警戒はしなかったようだった。ただ、あれは使用人の五郎が犯人ということで決まったんじゃないですか？　と行く先々で訊かれたという。五郎犯人説が覆ることを村人たちが恐れている、と穿《うが》った見方もできなくはなかった。

訊き込みに回っても、二人は一向に見つからなかった。その代わりに若い衆が村で妖怪を目撃した。不気味で、この世のものとは思えない姿形をしていたという。彼は興味本位で後を付けていった。すると妖怪は、地主の庭の中に入り込み、殺人現場の土蔵に近付いて行った。まるで誰かと話しているようにも見えたそうだ。

妖怪が去っていった後、彼も倣《なら》って土蔵に近寄ってみた。すると妖怪がいた場所には、ちょうど土蔵の通気孔があった。通気孔に顔を近付けて耳をすませると、中から、人がいるような物音が聞こえたという。

その時呼びかけなかったのは、賢明な判断だった。もし、洋子を監禁している者たちが、洋子の居場所を突き止められたことに気付いたら、証拠隠滅のために、娘を殺してしまったかもしれない。

彼は目立たないように、土蔵の様子を窺った。すると、ある一人の女性が頻繁に土蔵の中に出入りしていた。しかし、物音はその女性が立てているものではなかった。女性が土蔵から出て行ったあとも、通気孔から人の気配を感じたからだ。

その女性のことを村で訊くと、皆が、後家さん、後家さんと呼んで、下卑た笑いを浮かべた。どうやら売春の元締めのような仕事をしているらしい。

その土蔵に洋子が監禁されて、客を取らされているという結論に達するのに、そう時間はかからなかった。すると、若い衆が見た妖怪とは、笹田のことではないか。着の身着のままで追われ、村から脱出できずに、森の中で身を潜めていたのかもしれない。服がボロボロになったから、遠目では妖怪のように見えたのだろう。

だが万が一土蔵はこちらの勘違いで、洋子の監禁場所が別の場所だった場合、慌てて行動を起こしたら娘の身が危険に晒される。歯がゆいが、百パーセント確実でなければ行動を起こす訳にはいかない。

浜野組は、業界ではそれなりの地位を築いており、日本中の建設会社に人脈を持っていた。もちろん東北地方にも顔が利いていた。浜野はあらゆる人脈を駆使して、売春宿のような表だったところではなく、看板を出さずに商売している店を徹底的に当たった。

すると、ある一人の女の噂が伝わってきた。その女こそ、土蔵に頻繁に出入りしている、後家と呼ばれる志子だった。彼女の紹介である村に行けば、目の見えない若い女を抱けるというのだ。まだ十代で、しかも東京の娘だという。

一見《いちげん》の客はお断りだと言うので、部下に身分を偽らせ、その女を抱いたという企業の重役と会わせた。そんな重責にある人間であっても、都会にはコンプレックスがあるらしく、目の見えない東京の娘を玩具のように弄ぶのは、たまらなく興奮するらしい。

その話を聞いた浜野は怒りに震え、洋子を助け出したら、この男をいの一番に殺さねば、と心に誓った。

浜野は若い衆を大勢引き連れて青森に向かった。そして大湊駅近くの電話が使える店で待機していた。

やがて、客と偽り偵察に向かわせた若い衆から連絡が入った。

『確かにお嬢さんでした。顔に酷い怪我をして、そのせいで失明してしまったようです。畜生《ちくしょう》、あいつら酷いことしやがる』

洋子を良く知っている彼は、そう吐き捨てるように言った。

浜野は電話を叩き切り、皆を連れ、その村に向かった。電話があるのは地主の家だけだったから、まずそこを押さえた。警察に通報されないようにするためだった。

土蔵から助け出した洋子の顔は、見るも無惨な有様になり果てていた。これではもう何も見ることができないのは、素人《しろうと》目にも分かった。

「お願い。笹田さんを探して。それで笹田さんを匿ってくれた人は許してあげて」

洋子はそう必死に浜野に訴えた。笹田を匿っている者がこの村にいるらしい。若い衆が目撃した妖怪はやはり笹田だったのだ、という認識を浜野は確かにした。

しかし、佐久間の家の使用人を問い詰めると、笹田はとっくの昔に殺して埋めたという。浜野はその場所に案内させ、死体を掘り返させた。腐乱が始まっていたが、娘があぁ言っているのだから、この死体が笹田のものであるという確証が欲しかった。

死体からは、現金が抜き取られた財布と名刺入れが出てきた。名刺入れの中には『週刊G　編集局員　笹田二郎』と刷られた名刺が何枚も入っていた。他人の名刺を何枚も持っているとは思えないから、この死体はやはり笹田のものではないか。

「笹田を匿っていた者は?」

そんな人間などいないという返事だった。

東京に帰ったと思った洋子と笹田が戻ってきた時、やはりこの二人を生かしておいてはまずいという判断がなされ、笹田はその場で殺されたのだった。その時、洋子は自暴自棄になって村をさまよっていたらしいから、笹田が死んだことに今も気付いていないのだろう。笹田が生きているという幻想だけを頼りに、娘は今日まで生き延びてきたのだ。

目が見えない状態で、あんな土蔵に閉じ込められ、昼も夜もなく犯された。精神が病んで当然だ。浜野はあらためて娘を襲った運命の非情さを呪った。そしてその怒りを、この村の人々に躊躇《ためらい》なくぶつけた。

娘の希望通り、村人たちに火を放った後、洋子は父に訊いた。

「笹田さんは見つかったの？」

浜野はすぐに返事ができなかった。

「お父さん？」

「お前のことを探っていた記者だろう？　大丈夫、俺に任せろ。お前は何も心配する必要はないんだ」

車の後部座席に、洋子を乗せた。その隣に浜野も乗り込んだ。そしてドアを閉め、車が走り出そうとする瞬間だった。

「待って！」

洋子が叫んだ。

「どうした？」

「外に笹田さんがいるのよ！」

「え？」

さすがに浜野も、もう笹田は死んでこの世にはいないことを告げようと思った。だが娘の剣幕に押されて、思わずドアを開けてしまった。

そこに妖怪がいた。

若い衆の話から、浜野は妖怪とは異様な外見をした人間のことだと思っていた。もしかしたら失踪した笹田のことが頭にあったから、そう誤解してしまったのかもしれない。

だが実際はもっと小さかった。いったいあれはなんだろう、と彼は目を細めた。グロテスクに地面を蠢《うごめ》いて、とてもこの世のものとは思えない。まさに妖怪そのものだ。

すると突然、そのグロテスクなものが飛びかかってきて、浜野は思わず手で防ごうとした。だが妖怪は浜野には目もくれず、彼の前をすり抜け、洋子の隣で動きを止めた。

「笹田さん！　笹田さんの言った通りになった！」

娘はその不気味な肉塊を抱きしめ、涙を流していた。

浜野は呆然とその光景を見つめていた。その不気味なグロテスクな妖怪は、どうやら全身が無惨に緋く焼け爛《ただ》れた猫のようだった。

籠に閉じこめられたまま、郷田の手で生きながら焼かれたあの三毛猫であることを、彼も洋子も知らなかった。

＊

昭和二十七年のサンフランシスコ講和条約発効により、日本のGHQの占領体制は終わりを告げた。下山事件、そして青森県の、ほとんど誰も顧みることのなかった一つの小さな農村を消滅せしめた大量虐殺事件の真相は、今もって明らかになっていない。

本書は書下ろしです。

緋い猫

一〇〇字書評

切り取り線

購買動機（新聞、雑誌名を記入するか、あるいは○をつけてください）	
□（　　　　　　　　　　）の広告を見て	
□（　　　　　　　　　　）の書評を見て	
□ 知人のすすめで	□ タイトルに惹かれて
□ カバーが良かったから	□ 内容が面白そうだから
□ 好きな作家だから	□ 好きな分野の本だから

・最近、最も感銘を受けた作品名をお書き下さい

・あなたのお好きな作家名をお書き下さい

・その他、ご要望がありましたらお書き下さい

住所	〒				
氏名		職業		年齢	
Eメール	※携帯には配信できません		新刊情報等のメール配信を 希望する・しない		

この本の感想を、編集部までお寄せいただけたらありがたく存じます。今後の企画の参考にさせていただきます。Eメールでも結構です。

いただいた「一〇〇字書評」は、新聞・雑誌等に紹介させていただくことがあります。その場合はお礼として特製図書カードを差し上げます。

前ページの原稿用紙に書評をお書きの上、切り取り、左記までお送り下さい。宛先の住所は不要です。

なお、ご記入いただいたお名前、ご住所等は、書評紹介の事前了解、謝礼のお届けのためだけに利用し、そのほかの目的のために利用することはありません。

〒一〇一‐八七〇一
祥伝社文庫編集長　坂口芳和
電話　〇三（三二六五）二〇八〇

祥伝社ホームページの「ブックレビュー」からも、書き込めます。
http://www.shodensha.co.jp/bookreview/

祥伝社文庫

緋《あか》い猫《ねこ》

平成28年10月20日　初版第1刷発行

著　者　浦賀和宏《うらがかずひろ》
発行者　辻　浩明
発行所　祥伝社《しょうでんしゃ》
東京都千代田区神田神保町3-3
〒101-8701
電話　03（3265）2081（販売部）
電話　03（3265）2080（編集部）
電話　03（3265）3622（業務部）
http://www.shodensha.co.jp/
印刷所　萩原印刷
製本所　積信堂
カバーフォーマットデザイン　芥 陽子

 ISBN978-4-396-34253-1 C0193

祥伝社文庫の好評既刊

伊坂幸太郎
陽気なギャングが地球を回す
史上最強の天才強盗四人組大奮戦！　映画化され話題を呼んだロマンチック・エンターテインメント原作。

伊坂幸太郎
陽気なギャングの日常と襲撃
天才強盗四人組が巻き込まれた四つの奇妙な事件。知的で小粋で贅沢な軽快サスペンス第二弾！

石持浅海
扉は閉ざされたまま
完璧な犯行のはずだった。それなのに彼女は――。開かない扉を前に、息詰まる頭脳戦が始まった……。

石持浅海
君の望む死に方
「再読してなお面白い、一級品のミステリー」――作家・大倉崇裕《おおくらたかひろ》氏に最高の称号を贈られた傑作！

石持浅海
彼女が追ってくる
親友の素顔を、あなたは知っていますか？　女の欲望と執念が生む、罠の仕掛けあい。最後に勝つ彼女は誰か……。

石持浅海
わたしたちが少女と呼ばれていた頃
教室は秘密と謎だらけ。少女と大人の間を揺れ動きながら成長していく。名探偵碓氷優佳の原点を描く学園ミステリー。

祥伝社文庫の好評既刊

京極夏彦
厭《いや》な小説 文庫版
パワハラ部長に対する同期の愚痴に、うんざりして帰宅した〝私〟を出迎えたのは!? そして、悪夢の日々が始まった。

近藤史恵
カナリヤは眠れない
整体師が感じた新妻の底知れぬ暗い影の正体とは？ 蔓延する現代病理をミステリアスに描く傑作、誕生！

近藤史恵
茨姫《いばらひめ》はたたかう
ストーカーの影に怯《おび》える梨花子《りかこ》。対人関係に臆病な彼女の心を癒《いや》す、繊細で限りなく優しいミステリー。

近藤史恵
Shelter
心のシェルターを求めて出逢った恵といずみ。愛し合い傷つけ合う若者の心に染みいる異色のミステリー。

佐藤青南
ジャッジメント
容疑者はかつて共に甲子園を目指した球友だった。新人弁護士・中垣《なかがき》は、彼の無罪を勝ち取れるのか？

柴田哲孝
下山事件 最後の証言 完全版
日本冒険小説協会大賞・日本推理作家協会賞W受賞！ 昭和史最大の謎に挑む！ 新たな情報を加筆した完全版！

祥伝社文庫の好評既刊

柴田哲孝　TENGU

凄絶なミステリー。類《たぐ》い希《まれ》な恋愛小説。群馬県の寒村を襲った連続殺人事件は、いったい何者の仕業だったのか？

柴田よしき　観覧車

行方不明になった男の捜索依頼。手掛かりは愛人の白石《しらいし》和美。和美は日がな観覧車に乗って時を過ごすだけ……。

柴田よしき　回転木馬

失踪した夫を探し求める女探偵・下澤唯。そこで出会う人々が、彼女の人生を変えていく。心震わすミステリー。

仙川　環　逃亡医

重病の息子を残し消えた心臓外科医。その足取りを追う元女性刑事――。運命に翻弄され続けた男が、行き着いた先は⁉

富樫倫太郎　生活安全課0《ゼロ》係　ファイヤーボール

杉並中央署生活安全課「何でも相談室」通称0係。新設部署に現れたキャリア刑事は人の心を読みとる男だった！

富樫倫太郎　生活安全課0《ゼロ》係　ヘッドゲーム

同じ高校の生徒が連続して自殺⁉　調査を始めた0係のキャリア刑事・冬彦の前に一人の美少女が現れる。

祥伝社文庫の好評既刊

富樫倫太郎
生活安全課0係《ゼロ》 バタフライ
0係のメンバー、それぞれの秘密とは？ 持ち込まれる相談の傍ら、私生活の悩みを解決していく……。

富樫倫太郎
生活安全課0係《ゼロ》 スローダンサー
「彼女の心は男性だったんです」――性同一性障害の女性が自殺した。冬彦は、彼女の人間関係を洗い直すが……。

中山七里
ヒポクラテスの誓い
法医学教室に足を踏み入れた研修医の真琴《まこと》。出迎えたのは、偏屈者の法医学の権威、光崎《みつざき》と死体好きの准教授・キャシーだった――。

法月綸太郎
一の悲劇
誤認誘拐が発生。身代金授受に失敗し、骸《むくろ》となった少年が発見された。鬼畜の仕業は誰が、なぜ？

法月綸太郎
二の悲劇
単純な怨恨殺人か？ ＯＬ殺しの容疑者も死体に……。翻弄される名探偵・法月綸太郎を待ち受ける驚愕の真相！

法月綸太郎
しらみつぶしの時計
交換殺人を提案された夫の堕《お》ちた罠（「ダブル・プレイ」）――ほか表題作をはじめ、著者の魅力満載のコレクション。